INHALT

PROLOG

Seine Finger zitterten vor Aufregung. Langsam öffnete er ihre Bluse. Der erste Knopf, dann der zweite. Seine Fingerkuppen schwebten über ihrer gebräunten Haut, berührten den Ansatz ihrer Brüste. Hier wurde der Teint heller. Reste von Sonnencreme. Er beugte den Kopf, bis er meinte, kleine Härchen an seiner Nasenspitze zu fühlen. Sie roch nach frischem Schweiß und reifen Zitronen.

Dies war immer der wichtigste Moment. In diesem Augenblick lernte er sie kennen, kam ihnen näher. Nahm ihren Geruch in sich auf, ertastete die Zartheit ihrer Haut, spürte ihre Unschuld.

Er hielt sein Gesicht dicht über ihren Körper, bewegte sich abwärts über ihren Busen und sah, wie die Brustwarzen durch seinen Atem hart wurden. Kleine Härchen wiegten sich im Luftstrom und kämpften darum, sich wiederaufzurichten. Sie strebten ihm entgegen, zitterten. Unter ihrer makellosen Haut pulsierte es.

Das weiße Tuch neben dem Bauchnabel verrutschte, und er zog es eilig zurück an seinen Platz. Wie konnte man eine so reine menschliche Hülle nur so verschandeln? Die abgedeckte Tätowierung zeigte einen Singvogel und über ihm die Zeile einer Notenfolge.

Da konnte sie singen, so viel sie wollte. All das war Tand. Unnütze Zeitverschwendung. Eine falsche Glitzerwelt. Geschaffen, um Menschen von ihrer wahren Berufung in dieser Welt abzulenken, von der Aufgabe, die sie zu bestehen hatten.

Es ging um etwas Größeres. Um etwas unendlich viel Größeres.

Und genau darauf musste er sie jetzt vorbereiten.

1.

Drei Zettel lagen auf Wolf Gabriels Schreibtisch und auf allen stand dasselbe: » Besprechung bei Kriminalrat Becker sofort!!«

Der Hauptkommissar schraubte die Espresso-Kanne auseinander, füllte Wasser in den unteren Teil und Kaffeepulver in den Siebträger.

Die ultimativen Aufforderungen aus der Chefetage waren kein gutes Zeichen. Schon gar nicht morgens um acht.

Gabriel stellte die Kochplatte an und setzte sich auf seinen Bürostuhl. Neben seinem Schreibtisch stapelten sich Akten, in denen er Ansätze für neue Ermittlungen vermutete. Altfälle, bei denen durch modernere forensische Methoden und insbesondere die Fortschritte bei der DNA-Analyse eine Wiederaufnahme der Ermittlungen lohnenswert erschienen. Für sein heutiges Tagespensum hatte er drei Ziel-Fälle ausgewählt, die er zusammen mit seiner Assistentin Sandra genau unter die Lupe nehmen wollte.

Mord verjährte nicht. Dasselbe galt leider auch für den Korruptionsverdacht, der an ihm klebte, und der ihm die Zwangsversetzung in den Archivkeller des Polizeipräsidiums eingebracht hatte. Was sich zunächst wie eine Strafe anhörte, hatte sich im Laufe der letzten Monate jedoch als wahrer Glücksfall entpuppt. Hier unten konnte er zusammen mit seiner Assistentin Sandra nach eigenen Prioritäten und Rhythmus arbeiten.

Gabriels Hund Mutter hob den Kopf und fiepte kurz, als der Espresso-Kocher begann, Dampf auszustoßen und zu röcheln. Die Kanne hörte sich an wie ein unwirscher Drache, den man in seinem Schlaf gestört hatte.

Auch die Genehmigung, seinen Hund mit in den Dienst zu nehmen, hatte ihn mit seiner Strafversetzung letztendlich versöhnt.

Mutter drehte ihren Kopf zum Gang, noch bevor die knarzende Metalltür geöffnet wurde. Sandra stürmte herein.

»Chef, keine Zeit für Kaffee. Becker dreht am Rad.«

»Da kann er lange drehen«, sagte Gabriel und groß sich eine Tasse ein.

»Sandra, Sie auch?«

»Es ist eilig. So habe ich ihn noch nie erlebt. Er ruft alle zwei Minuten an und fragt, wo Sie stecken.«

»Tief versunken im Espresso-Ritual«, sagte Gabriel. »Um was geht's denn?«

»Keine Ahnung.«

»Und wieso sind Sie schon im Büro? Immer noch keinen Freund?«

»Das geht Sie gar nichts an. Was soll ich sagen, wenn Becker ...«

»Trinken Sie einen Kaffee, Sandra, dann sehen wir weiter.«

Eine halbe Stunde später klopfte Gabriel an die Tür des Kriminalrats und trat ein, ohne eine Aufforderung abzuwarten. Fehlte noch, dass der Mann sich Allüren angewöhnte. Er war hier schließlich kein Bediensteter, auch wenn der Kriminalrat immer wieder versuchte, ihn so zu behandeln.

Becker stand hinter seinem Schreibtisch. Seine Augen traten hervor und die Hautpartie um die Augen wirkte geschwollen. Sein Gesicht war blass und seine Bewegungen fahrig.

»Warum lassen Sie mich so lange warten?«, polterte er los, bremste plötzlich ab und ließ sich auf seinen Sessel fallen.

»Gabriel, ich brauche Ihre Hilfe«, sagte er murmelnd.

Flehend sah er zu ihm hoch. Solch einen Blick hatte er bei seinem Vorgesetzten Becker noch nie erlebt. Gabriel setzte sich, während der Kriminalrat einen Stapel Papiere beiseite schob.

»Sie sind der Einzige, der mir helfen kann.«

»So schlimm? Worum geht's?«

»Um die Erfahrungen, die Sie in Griechenland gesammelt haben. Um Ihre Verbindungen. Darum, dass ich Sie für diese Aufgabe freistellen kann, ohne dass der Polizeipräsident oder der Personalrat mir auf den Kopf steigt. Und ...«

Becker brach den Satz ab, als müsste er überlegen, ob es klug war, zu Ende zu sprechen.

»Und?«, knüpfte Gabriel an.

Becker sah ihn ein paar Sekunden wortlos an und sagte: »Weil Sie in letzter Zeit Cleverness bewiesen haben. In dieser Sache brauche ich Ihre Klugheit und ihre Intuition.«

»Dann müssen Sie wirklich am Arsch sein«, sagte Gabriel, der unsicher war, ob er diese bettelnde Haltung des Kriminalrats weiter auf die Spitze treiben sollte. So wie der Mann sich benahm, würde er sogar vor ihm auf die Knie fallen.

»Wer sitzt Ihnen denn so im Nacken?«, fragte Gabriel.

»Meine Frau ... die dreht vollkommen durch.«

»Ihre Frau? Und Sie glauben, *ich* kann Sie beruhigen? Es gibt eine Notfallnummer der Psychiatrie und noch besser: Eheberatung ...«

»Sie verstehen nicht«, sagte Becker. »Es geht um unsere Tochter!«

»Becker, ich habe keine Ahnung, wie Familien ticken. Ich lebe mit meinem Hund zusammen und das ist schwierig genug.«

»Unsere Tochter ist verschwunden«, sagte Becker, der Gabriel gar nicht zuzuhören schien. »Seit fast zwei Wochen wie vom Erdboden verschluckt. Kein Lebenszeichen, keine Möglichkeit, sie zu kontaktieren.«

»Aber die jungen Leute lassen doch ihre Handys

nicht aus den Augen!«

»Das sagt meine Frau auch. Wir machen uns die größten Sorgen.«

»Vielleicht braucht die Kleine mal eine Auszeit«, sagte Gabriel.

»Sie verstehen nicht, Gabriel. Sie ist auf Kreta verschwunden.«

»Sie wird Urlaub machen, sich mit einem netten jungen Griechen darüber unterhalten, wie sie die Zukunft so angeht. Genießt freie Liebe, Retsina und Greek-Salad.«

Wortlos öffnete Becker seine Schreibtischschublade, zog ein zusammengeheftetes Bündel Papiere heraus und warf es vor Gabriel auf den Schreibtisch.

»Seit vier Monaten jagt die griechische Polizei einen Serienkiller. Er entführt junge Frauen, hält sie eine Zeitlang gefangen, schneidet ihnen dann bei lebendigen Leib Tattoos aus der Haut und ritzt ihnen ein Kreuzsymbol hinein. Anschließend bringt er die Frauen um und legt sie in aller Öffentlichkeit ab.«

»Großer Gott«, sagte Gabriel, zupfte ein paar Seiten vom Schreibtisch und überflog sie.

»Die griechische Polizei ist vollkommen überfordert«, sagte Becker. »Die kennen solche Taten nicht. Griechenland hat die geringste Kriminalitätsrate Europas, und ›Serientäter‹ ist für die ein Fremdwort.«

»Und Sie glauben tatsächlich, Ihre Tochter …?«

»Sie meldet sich nicht. Wir haben Hotels abtelefoniert, die griechische Polizei um Hilfe gebeten ...«

»Und die sagt?«

»Dass ich mir keine Sorgen machen soll. Tausende von jungen Erwachsenen sind auf der Insel. Möglich, dass sie eine Fähre genommen und andere Kykladen-Inseln angesteuert hat.«

»Und der Serientäter?«

»Da halten sie sich bedeckt. Haben Angst vor negativen Schlagzeilen. Gabriel, wir müssen wissen, was los ist.«

Becker nahm den Telefonhörer in die Hand und streckte ihn Gabriel entgegen.

»Wollen Sie mit meiner Frau sprechen? Sie wird ...«

Gabriel wedelte abwehrend mit den Händen.

»Und jetzt haben Sie bei den griechischen Behörden eine Zusammenarbeit mit der deutschen Polizei auf den Weg gebracht?«, fragte Gabriel.

»Habe ich nicht. Ich habe um eine Kooperation gebeten und vereinbart, dass ich einen Beamten schicke. Dabei habe ich das nicht mal mit dem Polizeipräsidenten abgesprochen. Gabriel, es muss schnell gehen, es ist eine halboffizielle Ermittlungsunterstützung, verstehen Sie?«

»Halboffiziell hört sich nach halbseiden an.«

»Meine Güte, Gabriel! Es ist ernst. Ich werde aus meiner Privatkasse finanzielle Ressourcen bereitstellen. Sie müssen nur sagen, was Sie brauchen. Und nutzen Sie alle Ihre Möglichkeiten, verstehen Sie? Und ...«

»Ja?«

»Bitte, lassen Sie mich nicht hängen.«

Gabriel überlegte fieberhaft. Becker hatte ihn in den letzten Jahren nicht gerade respektvoll behandelt. Genauer gesagt, am liebsten wäre der Kriminalrat ihn losgeworden. Immer wieder hatte er ihn ins Feuer geschickt und fest mit seinem Versagen gerechnet. Woher kam dieser Wandel? War er wirklich so verzweifelt, dass er auf ihn zurückgreifen musste?

Becker starrte ihn stumm an.

»Ist es nicht besser, wir stellen einen Antrag auf Amtshilfe und machen das offiziell?«

»Begreifen Sie es denn nicht, Gabriel? Es eilt! Sollte Lara in der Hand dieses Psychopathen sein, dann zählt jeder Tag.«

»Ich brauche Sandra«, sagte Gabriel.

Becker zögerte kurz und nickte dann.

»Einverstanden. Ich habe keine Ahnung, wie ich das später behördenintern erklären soll, aber ja, ok. Notfalls haben Sie eben eine Art von Sonderurlaub genommen. Das regle ich später. Und Sandra ... einverstanden.«

»Und Mutter muss natürlich auch mit.«

Kriminalrat Beckers Augen traten hervor.

»Sie wollen Ihre Mutter mitnehmen? Gabriel, wollen Sie mich verarschen? Das ist doch kein Familienurlaub! Sie nehmen mich nicht ernst!«

»Mutter heißt meine Hündin. Ich wüsste nicht, wo ich sie auf die Schnelle unterbringen könnte. Außerdem kann sie nützlich sein. Ich bräuchte außerdem ein Kleidungsstück ihrer Tochter. Stopfen Sie es in ein Schraubglas. Sollten wir eine Spur haben ...«

»Kommt der Hund zum Einsatz, ich verstehe. Ich sorge persönlich dafür, dass sie die Geruchsprobe rechtzeitig bekommen.«

»Was meinten Sie damit, ich sollte alles einsetzen, was vonnöten ist? Unbeschränktes Spesenbudget?«

»Sie müssen ja nicht gerade Hubschrauberrundflüge buchen! Ansonsten beschaffen Sie sich, was Sie brauchen. Außerdem haben Sie doch Kontakte. Vielleicht können die helfen. Ich habe Sie für morgen bei der Polizei auf Kreta angekündigt.«

»Eine Bitte hätte ich noch«, wandte Gabriel ein.

»Nutzen Sie jetzt meine Notlage aus? Was denn nun noch?«

»Das werde ich Ihnen mitteilen, wenn es soweit ist.«

Becker öffnete seine Schublade, zog ein Flugticket heraus und legte es auf den Stapel mit Papieren, in denen die bisherigen Ermittlungen der griechischen Polizei zusammengefasst waren.

»Da müssen Sie aber sicher gewesen sein, dass ich zustimme.«

»Das Ticket für die Kollegin Sandra Berger holen Sie am Schalter ab, ich lasse das gleich buchen. Die Maschine landet morgen um elf Uhr auf dem Flughafen Chania. Sie werden abgeholt.«

»Passt bestens«, sagte Gabriel. »Heute trommle ich mir Unterstützung zusammen. Becker, Sie zahlen tatsächlich alle Spesen?«

»Notfall nehme ich eine Hypothek auf mein Haus auf. Ich zähle darauf, dass Sie keine sadistische Ader haben.«

2.

Am Empfangstresen der Internetfirma standen zwei Sicherheitsleute aus Fleisch und Blut. Gabriel war sicher, dass es nur eine Frage der Zeit war, wann die von Hightech-Robotern ersetzt wurden. Der amerikanische Suchmaschinen-Konzern würde derartige Systeme als einer der Ersten einsetzen.

Gabriel bat einen der Uniformierten, Herrn Luca Linden anzurufen und ihm zu sagen, dass er jetzt im Eingangsbereich wartete.

Der Security-Mitarbeiter nickte, deutete auf Mutter und sagte: »Darf ich?«

Gabriel nickte: »Die ist für alles zu haben.«

Der Mann beugte sich hinunter zur Labradorhündin und strich ihr über den Kopf. Mutter stieß ein zufriedenes Brummen aus. Gabriel war überzeugt, dass sie das extra machte, um ihn wegen seiner raren Streicheleinheiten zu tadeln.

»Sie sind jetzt eine Vertrauensperson für den Hund«, sagte Gabriel.

Der Mann blickte mit fragendem Gesichtsausdruck zu ihm hoch.

»Sie dürfen zwanzig Minuten auf sie aufpassen.«

»Aber mein Dienst ...«

»Ich habe Sie nicht aufgefordert, sie zu streicheln. Jetzt ist es für Rückzieher zu spät, also?«

Der Mann blickte Mutter an, nickte und nahm von Gabriel die Leine entgegen.

Kurz darauf erschien Linden.

»Hallo, Gabriel! Brennt es?«, fragte er.

»Lichterloh.«

Linden führte ihn in einen nachgebauten U-Bahnwaggon, der dem Suchmaschinen-Konzern als Besprechungsraum diente. An den Fenstern zog eine digitale Landschaft vorbei.

Kommissar Gabriel fasste zusammen, was er bislang zum Verschwinden Laras und den Ermittlungen zum Serienmörder auf Kreta wusste.

»Töchter und Väter«, sagte Luca Linden. »Kann doch sein, dass sie abgehauen ist. Jugendliche machen das, wenn sie volljährig werden.«

»Möglich. Andererseits können wir nicht ausschließen, dass dieser Serienkiller das Mädchen tatsächlich in seiner Gewalt hat.«

Lucas Linden überlegte. Er war bei dem Computer-Konzern für die Betreuung der hochintelligenten Mitarbeiter mit Asperger-Syndrom zuständig. Seine Aufgabe war die Erledigung alltäglicher Aufgaben, zu denen die Informatiker-Cracks oft nicht in der Lage waren. So sehr sie sich mit Algorithmen auskannten, oft gelang es ihnen nicht, ihre Schuhe zuzubinden oder sich regelmäßig zu waschen.

»Und was genau können wir da machen?«, fragte Linden.

»Die digitalen Spuren analysieren, die Lara hinterlassen hat. Herausfinden, wo sie sich aufgehalten hat. Auch möglich, dass sie weitergereist ist. Sie könnte auf Passagierlisten von Fähren oder Ähnlichem auftauchen. Ich weiß es nicht.«

»Hast du denn ein Tablet, Laptop oder Handy des Mädchens?«

Gabriel schüttelte den Kopf.

»Dann brauchen wir zumindest die IP-Adresse deines Chefs. Sie wohnte doch bisher zu Hause?«

Gabriel versprach, die Nummer zu beschaffen. Luca Linden wirkte nachdenklich.

»Ich kann dir nichts versprechen«, sagte er. »Da es sich um die Tochter eines höherrangigen Polizisten handelt, muss ich das weiterleiten. Das muss von der Chefetage abgesegnet werden. Und da fangen die Schwierigkeiten an, denn meine Jungs sind nicht billig im Unterhalt.«

»Sicher«, sagte Gabriel. »Aber die mögen doch gerne Spiele. Vielleicht können wir einen Preis ausloben. Für denjenigen, der den richtigen Hinweis findet.«

»Und was soll das für ein Preis sein?«

»Keine Ahnung«, sagte Gabriel. »Vielleicht nach dem Motto: Du hast einen Wunsch frei oder so.«

Ein junger Mann erschien in der Waggontür und sah sich suchend um. Als er Linden entdeckte, trat er an den Tisch und sagte: »Ich brauche einen Massage-Termin.«

»Sicher, Stefan, gehst du schon mal in die Hütte?«

Der Mann, der kaum älter als 18 Jahre aussah und leicht rötliche Haare hatte, nickte ergeben und trottete aus dem Waggon. Gabriel würdigte er keines Blickes.

»Kaum zu glauben, dass die in diesem Alter schon zu Dingen fähig sind, die ich nicht mal im Ansatz begreifen würde«, sagte Gabriel.

»Ausnahmefähigkeiten des Hirns. Sie ticken anders. Das ist manchmal sehr überraschend.«

Plötzlich stand ein älterer Mitarbeiter vor dem Waggonfenster und signalisierte mit den Händen, dass er Luca sprechen müsse. Seine Haare waren halblang und der Blick wirkte verwirrt. So, als blicke er statt durch das Fenster durch ein Mikroskop in das Innere einer fremden Welt.

»Jens Raja«, sagte er. »Er schafft es nicht, in enge Räume zu gehen. Und er hat deshalb ein Problem mit der Toilette. Ich muss vor der Tür stehen und beruhigend auf ihn einreden.«

»Vor der Toilette stehen«, wiederholte Gabriel.

Wenige Minuten später schlenderte er durch das Foyer des Bürogebäudes und sah sich nach Mutter um.

Der Sicherheitsbeamte steckte ihr hinter dem Empfangstresen gerade etwas zu. Dass hier unten Kaltgetränke an die Wartenden gereicht wurden, hatte er bereits erlebt. Aber dass man Snacks für

Hunde bereithielt, war unglaublich!

»Wenn Mutter von dem Zeug die Scheißerei bekommt, bringe ich sie Ihnen vorbei.«

Der Security-Mitarbeiter nickte verdutzt und reichte Gabriel die Hundeleine.

Gerade als Gabriel das Gebäude in der Innenstadt verlassen hatte, klingelte sein Handy. Ein Anruf von Sandra.

»Chef, wir haben ein Problem.«

Kriminalrat Becker sah auf sein auf der Tischplatte vibrierendes Handy. Das Bild seiner Frau Carla erschien. Seitdem Lara verschwunden war, rief sie stündlich an.

»Ich bin dran und melde mich, wenn sich etwas tut«, sagte er statt einer Begrüßung.

»Lars, was ist jetzt mit Kommissar Gabriel?«

»Er macht es, aber versprich dir nicht zu viel von dem Mann.«

»Er hat die Intelligenz ...«

»Wir haben keinerlei Spur, keinen Hinweis, keinen Ansatzpunkt. Selbst wenn der Mann so toll wäre, wie du denkst, wo sollen wir denn anfangen?«

»Hast du ihm Anreize geboten? Eine Belohnung oder so?«

»Der darf seine Hündin Mutter mitnehmen. Das ist Belohnung genug.«

»Wen darf er mitnehmen?«

»Der hat seinen Hund ›Mutter‹ genannt. Carsten Detleffs von der Organisierten Kriminalität hat mir erzählt, dass er glaubt, dass über die Seelenwanderung nun seine Mutter in dem Labrador steckt. So ein Typ ist das.«

»Ein esoterischer Hauptkommissar?«

»Angeblich hat er mit Esoterik nichts am Hut, nur von dieser Seelenwanderungsnummer lässt er sich nicht abbringen. Ich habe keine Ahnung, ob er sich nicht doch mit einer Wünschelrute auf die Suche macht. Das trau ich dem zu. Der kocht sogar für seinen Hund!«

»Aber du hast doch gesagt, dass seine Assistentin Sandra dabei ist. Das ist eine junge Frau. Wenige Jahre älter als Lara.«

»Sie wird nicht mitfahren. Geht beamtenrechtlich nicht.«

»Aber das kannst du doch regeln. Du bist der Chef!«

»Es gibt Vorschriften, an die ich mich halten muss.«

»Soll ich mit ihm reden?«

»Mit wem?«

»Mit dem Polizeipräsidenten, dem Chef der Gewerkschaft der Polizei, was weiß ich denn? Vielleicht kann sogar Gabriel selbst was machen. Ich könnte ihm ins Gewissen reden.«

»Gewissen? Bei Gabriel?«

Entnervt beendete Kriminalrat Becker das Gespräch. Klar, Gabriel würde seine Ermittlungen aufnehmen. Aber ging er engagiert zur Sache oder nutzte er die Situation für einen unverhofften und zudem bezahlten Urlaub? Zuzutrauen war es dem Mann.

Bei ihrem Gespräch hatte er die ganze Zeit über das Gefühl gehabt, dass Gabriel das Verschwinden von Lara nicht sonderlich ernst zu nehmen schien.

Sicher dachte er an seine eigene Jugend, als man nach Erreichen der Volljährigkeit in die Welt zog. Mit übersichtlichem Gepäck und wenig Geld in der Tasche für ein paar Monate das selbstbestimmte Leben in der Fremde ausprobieren. Das war bei der heutigen Generation anders. Die liebten den All-Inclusive-Urlaub und feierten es auf den Social-Media-Kanälen, wenn sie am Pool Cocktails schlürften.

Sollte er seiner Frau doch die Handynummer des Hauptkommissars geben? Sie würde ihm schon Dampf machen. Sie war zwanzig Jahr jünger als er. In den ersten Jahren hatte sie ihn damit aufgezogen. Aber er hatte Schritt gehalten, trotz des Altersunterschiedes. Mit den Jahren allerdings wurde es schwerer.

Scheißegal, dachte er. So war es nun mal, wenn man eine jüngere Frau heiratete. Er hatte gewusst, worauf er sich einließ. Doch wie würde Gabriel auf ihren Anruf reagieren?

Er wählt die Nummer des Verbindungsmannes bei der griechischen Polizei, als es an der Tür klopfte. Seine Sekretärin strecke ihren Kopf ins Zimmer.

»Sandra Berger möchte Sie sprechen. Sie lässt

sich nicht abweisen.«

Junge Frauen!, dachte Becker. Hatte er sich nicht unmissverständlich ausgedrückt? Was war hier los?

3.

Gabriel blickte erstarrt auf das Messer.

»Was ist das?«, sagte der Uniformierte an der Gepäckkontrolle.

»Ein Austernmesser. Das muss noch von meinem Sylt-Aufenthalt im Koffer liegen.«

»Das geht nicht«, sagte der Kontrolleur. »Haben Sie weitere gefährliche Gegenstände im Gepäck?«

»Hören Sie, ich bin Polizist.«

»Polizisten, die Amok laufen, hatten wir schon.«

»Aber die Klinge ist doch nur ...«

»Messer ist Messer«, sagte der Mann und gab das Austernmesser einem Kollegen, der es in eine Plastiktüte gleiten ließ.

»Haben Sie zufällig Ihre Dienstwaffe dabei?«

»Unsinn«, sagte Gabriel.

Er durfte hier keinen Aufstand machen. Schließlich reiste er nicht im offiziellen Auftrag.

»Tut mir leid, ein Versehen«, sagte er.

Der Beamte öffnete den Koffer und zog die Espressokanne heraus.

»Und was ist das? Eine potentielle Bombe?«

»Damit bereite ich meinen Espresso, die lass ich mir nicht beschlagnahmen. Die ist lebenswichtig. Genauso wie … wie … ein Medikament.«

»Unterteil abschrauben«, sagte der Kontrolleur.

»Was für eine Scheiße, wir werden unseren Flug verpassen«, schimpfte hinter ihm ein junger Mann, der von einem Fuß auf den anderen trat.

Der Kontrolleur sah in den Wasserbehälter und stellt ihn neben das Röntgengerät.

»Dann stellen Sie bitte mal Ihre Schuhe auf das Laufband.«

»Herrgott nochmal«, stöhnte der junge Mann hinter ihm, was einen strafenden Blick des Kontrolleurs zu Folge hatte.

Ihm würden die Gepäckkontrolleure ebenfalls ausreichend Zeit widmen. Gabriel atmete tief aus. Es war wohl besser, jetzt ein wenig harmlos zu tun und allen Anweisungen widerspruchslos Folge zu leisten.

Ja, er schien die Truppe ordentlich auf Touren gebracht zu haben. Sie entwickelten Ehrgeiz.

Nachdem sie Sprengstoffabstriche an seinen Fingern genommen, seinen Koffer zweimal durch das Röntgengerät geschickt und seinen Dienstausweis eingehend studiert hatten, ließ man ihn passieren.

Gabriel dachte an seinen Labrador. Mutter war ohne Aufhebens in die Hundebox getrabt und hatte sich ohne zu murren auf die Decke gelegt. Ahnte sie, dass es nach Griechenland ging? Beim letzten Mal hatte sie sich dort wohl gefühlt. Mit Grausen dachte Gabriel daran, dass Mutter sich als Straßenhund versucht und mit ortsansässigen Kräften an Touristen-Tischen gebettelt hatte.

Gabriel zog seinen Rollkoffer durch den Terminal und musterte die Auslage eines Schaufensters. Hier wurden Waren verkauft, die von Häftlingen des Gefängnisses Santa Fu hergestellt worden waren. Dazu gab es Fan-Artikel des FC St. Pauli. Kurz entschlossen kaufte er ein T-Shirt mit der Aufschrift »Santa Fu Fanclub«, ein schwarzes Tuch mit dem Totenkopfsymbol des Hamburger Kiez-Fußballvereins sowie eine Schlafbrille, die die Aufschrift »Schlaf der Gerechten« und das Symbol der Knastkicker zierte.

Er bezahlte an der Kasse, verließ den Shop und machte sich auf den Weg zum Gate.

Plötzlich hörte er eine weibliche Stimme direkt hinter ihm.

»Darf ich mal in Ihre Tasche sehen?«

Alles, was recht war, aber das ging zu weit!

Er fuhr herum und erkannte die lächelnde Sandra.

»Überraschung!«

»Aber es gab doch die Anweisung ...«

»Ich fliege in den Urlaub«, sagte Sandra. »Kriminalrat Becker musste meinem Urlaubsantrag stattgeben.«

»Und wie haben Sie das bei dem Paragrafenreiter geschafft?«

»Sagen wir, ich konnte ihn überzeugen.«

Gabriel nickte und sagte: »Erzählen Sie mir lieber nicht, wie Sie das angestellt haben.«

»Aber Chef, ich habe ihm nur deutlich gemacht, dass Sie das ohne mich nicht schaffen. Schon wegen Ihrer schlechten Englisch-Kenntnisse.«

Während des Fluges informierte Gabriel Sandra über den Stand der Dinge. Und darüber, dass ihn die weinende Frau des Kriminalrats am Handy bekniet hatte, ihre Tochter Lara zurückzubringen.

»Auch Luca Lindens Nerds wollen checken, welche digitalen Spuren Lara hinterlassen hat.«

»Und Kriminalrat Becker kommt für *alle* anfallenden Kosten auf?«

»Der steht mächtig unter dem Druck seiner Frau. Ich glaube, die Tochter ist auf der Flucht vor ihrem Vater.«

Sandra schüttelte den Kopf.

»Kann schon sein, dass sie sich wegen seines Kontrollzwangs nicht meldet, aber dass Sie nicht mal ihrer Mutter eine Nachricht schickt, ist schon ungewöhnlich.«

»Vielleicht mag sie es ein wenig radikal? Es könnte einen Streit gegeben haben, von dem wir nichts wissen. Möglich, dass ein Mann im Spiel ist.«

Dreieinhalb Stunden später landete das Flugzeug auf dem Flughafen Chania. Früher war der Militärflughafen nur in den Sommermonaten für eine Billigfluglinie geöffnet worden. Inzwischen hatte man ihn an das deutsche Unternehmen Fraport verkauft, die das Areal für 40 Jahre betreiben durfte.

Gabriel sah aus dem Fenster und entdeckte auf einem seitlich gelegenen Parkstreifen zahlreiche Militärflugzeuge.

»Die Souda Air Base«, sagte Sandra und tippte auf das auf ihren Knien liegende Flugmagazin. »Fotografieren verboten.«

Der Ankunftsterminal war hell erleuchtet. Die dunkelrot und grau gestrichenen Betonwände verströmten mithilfe zahlloser Punktstrahler ein warmes Licht. Neben ihnen lief Mutter, die sich aufgeregt umsah.

Schon als Gabriel die Transportbox geöffnet hatte, hatte sich die Hündin mehrfach um die eigene Achse gedreht und war abwechselnd an Gabriel und Sandra hochgesprungen.

»Ihr machen Flugreisen Spaß«, sagte Gabriel. »Von mir hat sie das nicht. Wir sollten uns ein Auto …«

»Sind Sie Hauptkommissar Gabriel?«, fragte plötzlich eine junge Frau hinter ihnen. Sie mochte Mitte Zwanzig sein, trug ausgefranste Shorts, ein T-Shirt und hatte mittellange blonde Haare. Die waren zu einem etwas zu kurzen Pony geschnitten.

Sie wartete die Antwort nicht ab und sagte: »Ich bin Sophia Iannides. Ich habe den Auftrag, Sie abzuholen und in den Fall einzuweisen.«

»Die griechische Polizei stellt jemanden ab, um uns zu helfen?«, fragte Sandra, an Gabriel gewandt.

»Inoffiziell«, sagte Sophia und lächelte verschwörerisch.

»In Wahrheit bin ich nur eine Praktikantin, und die zuständige Dienststelle ist froh, wenn Sie nicht in ihrer Arbeit rumpfuschen.«

»Und wieso sprechen Sie so gut Deutsch?«, fragte Gabriel.

»Habe ich in der Schule gelernt«, sagte sie. »Ich will mal nach Brüssel zur EU. Da ist es gut, wenn man mehrsprachig ist.«

Eine Überfliegerin als Aufpasserin, dachte Gabriel. Wahrscheinlich sollte sie darauf achten, dass er keine unnötigen Schlagzeilen produzierte.

Mutter schnüffelte an den Beinen der Griechin und sprang dann schwanzwedelnd an ihr hoch. Sie quittierte das, indem sie in die Hocke ging und Mutter streichelte.

»Fahren wir erstmal ins Hotel?«, fragte Sandra.

»Ich hab was Besseres«, sagte Sophia. »Aber vorher müssen wir nach Kissamos.«

»Wir sollten uns erst einmal einrichten«, sagte Gabriel. »Und wieso Kissamos?«

»Wir haben einen Leichenfund. Und Sie wollen doch sicher sehen, was der Täter anrichtet.«

Zehn Minuten später standen sie auf dem Parkplatz vor einem schwarzen Pick-up. Neben Vorder- und Rücksitzen gab es eine Ladefläche, auf der fest eine silberglänzende Kiste verankert war.

»Solche Wagen fahrt Ihr bei der Polizei?«, fragte Sandra.

Sophia lachte.

»Hat mir mein Onkel geliehen«, sagte sie und schob sich ihre Sonnenbrille vor die Augen. »Der ist gerade bei Verwandten in Kanada.«

Gabriel wuchtete das Gepäck in die silberne Kiste, während Sophia die Fahrertür öffnete und eine Wolldecke herauszog. Sie öffnete die hintere Klappe und breitete die Decke auf der Ladefläche aus.

»Und was soll das?«, fragte Gabriel.

»Na, für den Hund«, sagte sie.

»Das macht Mutter niemals mit. Sie ist ein bisschen ängstlich.«

»Vielleicht hat sie ja doch Spaß daran?«, sagte Sandra.

Mutter sah sich das an und sprang unvermittelt auf die Ladefläche.

»Selber schuld«, sagte Gabriel und band die Hundeleine an einer Öse fest.

Sophia bugsierte den Wagen vom Parkplatz des Flughafens, während Gabriel seine Hündin durch das Rückfenster beobachtete.

Mit ihren im Fahrtwind wehenden Ohren sah sie sich neugierig um.

»Und?«, fragte Sophia. »Wir können sie auch reinholen.«

»Noch macht es ihr Spaß«, sagte Sandra, während die Griechin den nächsten Gang einlegte.

»Die Kollegen warten zwar auf uns, aber ich werde trotzdem nicht so schnell fahren«, sagte sie.

Immer wieder drehte Gabriel sich um. Mutter schnupperte in die Luft und zeigte keinerlei Anzeichen von Angst. Verstand er die Hündin nicht? Konnte es sein, dass seine Übervorsichtigkeit das Tier verunsicherte und sie zu Höchstleistungen auflief, wenn man ihr etwas zutraute?

»Die Angst des Menschen überträgt sich auf ein Tier«, hatte Sandra in einer barfuß-psychologischen Anwandlung behauptet. Oder wollte Mutter den jungen Frauen nur beweisen, wie taff sie war?

Die Autobahn führte unweit der Küste entlang. Immer wieder tauchte zwischen den Bergen das Mittelmeer auf, das mit seinem leuchtenden Blau eine beruhigende Wirkung auf den Hamburger Kommissar hatte. Es war schwer, sich in dieser Idylle einen Serienmörder vorzustellen, der auf der Jagd nach jungen, weiblichen Opfern war.

Als er sich erneut umdrehte, sah er, dass Mutter sich auf der Decke eingerollt hatte.

Na schön, sie fuhr also gern im offenen Wagen.

Gabriel ließ das Fenster ein paar Zentimeter herunter und atmete tief durch. Die Luft schmeckte nach Thymian und Oregano. Millionen von Zikaden hatten ihren Liebesgesang angestimmt.

Er würde gleich wissen, ob die griechischen Ermittler ihn mit offenen Armen empfingen oder eben als lästigen Besserwisser. So freundlich die Praktikantin war, ein gutes Zeichen war es nicht, dass man ihn durch eine unerfahrene Aushilfskraft willkommen hieß.

Draußen wechselten sich sanfte Hügel mit schroffen Gesteinshängen ab. Als dieser Zipfel Kretas entstanden war, musste es wild zugegangen sein. Immer wieder lagen gigantische Gesteinsbrocken in der Landschaft, die von den Bergspitzen abgebrochen und die Hänge hinuntergerast waren. Wahrscheinlich war dies während eines der vielen Erdbeben geschehen, die hier zum Leben gehörten. Kreta lag auf einem vulkanischen Feuergürtel. Die afrikanische Platte drückte gegen die europäische. Unaufhaltsam und mit der Geschwindigkeit, in der ein menschlicher Fingernagel wächst.

Plötzlich wurde es dunkel und Gabriel schreckte aus seinem Dämmerschlaf hoch. Ein Tunnel! Er drehte sich um, doch Mutter störte das nicht weiter. Sie lag entspannt auf ihrer Decke und hob gelassen die Lider, als ihr Herrchen sie anblickte.

Nach zwanzig Minuten rumpelte der Wagen über eine Ausfahrt.

Kissamos begrüßte sie mit einem türkisblauen Meeresleuchten. Von der Zufahrtsstraße aus konnte Gabriel weite Sandstrände entdecken, die in der flirrenden Sonne lagen.

Als könne sie Gedanken lesen, fragte Sophia, ob sie Sonnenbrillen benötigten.

Sandra sagte lächelnd »Danke« und zog eine Brille aus ihrem Rucksack und setzte sie auf, während Sophia im Handschuhfach kramte.

»Ahh«, sagte sie plötzlich und zog eine Brille mit

runden Gläsern heraus. Der Rahmen schien geschweißt zu sein und ähnelte einem kleinen Fahrrad. Links war eine Schraube zu erkennen.

»Eine John-Lennon-Brille«, sagte sie. »Die ist wieder in Mode.«

Gabriel brummte etwas von Scheiß-Beatles, putzte die Gläser mit dem Zipfel seines Hemds und setzte sie auf. Der Gelbstich war überraschend angenehm und verwandelte das gleißende Licht in die Terrakotta-Idylle eines Sommerabends.

Nach zehn Minuten stoppte Sophia den Wagen an einer ehemaligen Strandhütte. Sie war aus Schilf und mithilfe von Maschendraht errichtet worden. Inzwischen war sie vollkommen zerzaust, eine Wand war weggeweht und das geflochtene Dach wies große Lücken auf.

Vier Polizeiwagen, ein weißer Bus mit einer griechischen Aufschrift, die Gabriel nicht lesen konnte und die so etwas wie »Forensik« bedeuten musste, standen neben der Schilfruine.

Sophia sprang aus dem Wagen und trat auf einen vollbärtigen Mann zu, der kurz nickte. Die Forensiker waren dabei, ihre Gerätschaften und die eingesammelten Proben in den weißen Transporter zu laden.

Der Mann trat auf Gabriel und Sandra zu und schüttelte ihnen die Hand.

Er sagte etwas auf griechisch und Sophia übersetzte.

»Die Untersuchungen sind abgeschlossen und die Leiche wird in einer halben Stunde abtransportiert.«

Gabriel nickte, während der griechische Polizist ihm mit einer Geste signalisierte, dass er sich die Tote jetzt ansehen könne.

Gabriel und Sandra betraten das Innere der ehemaligen Hütte.

Auf dem Boden lagen zwei Obstkisten, ein kleiner Stapel Treibholzstücke und in der Mitte eine fleckige Matratze mit der Toten.

Der Gesichtsausdruck der geschätzt zwanzigjährigen Frau war friedlich und die Augen geschlossen. Die Polizisten hatten die Leiche bis zum Hals mit einer goldfarbenen Folie abgedeckt. Gabriel griff zu einem Zipfel und zog sie behutsam beiseite. Die Frau war nackt.

Sie hatte sich eine tätowierte Rose auf ihr Dekolleté und auf der Bauchdecke zwei Sonnen stechen lassen. Gleich darunter war ein handtellergroßes Stück Haut entfernt worden. Kurz über ihren Brustansatz hatte der Täter einen Schnitt angesetzt und hinunter bis zum Bauchnabel geführt. Direkt unter ihrer Brust verlief der Quer-Schnitt, der das Ganze in ein blutiges Kreuz verwandelte.

»Lara ist es nicht«, sagte Gabriel. »Keine Ähnlichkeit mit dem Foto, das Becker mir mitgegeben hat.«

»Sicher?«, fragte Sandra. »Wurde sie vergewaltigt?«

»Glaube ich nicht«, sagte Gabriel. »Wie auch immer: Der Täter sendet uns eine Botschaft. Und er hört nicht wieder auf, bis die Welt seine Weisheiten verstanden hat. Warum hat er die Sonnen und die Rose nicht herausgeschnitten?«

Hinter ihnen übersetzte Sophia mit leiser Stimme für den neben ihr stehenden Polizisten. Gabriel drehte sich um.

»Und die anderen beiden Opfer haben das gleiche Kreuz?«

Der Polizist, den der Anblick des Leichnams schwer mitnahm, nickte, nachdem Sophia übersetzt hatte.

Gabriel bückte sich über den Körper und zog Luft tief durch die Nase ein. Schließend roch er an den Achseln und dem Hals der Toten. In den Augenwinkeln sah er, dass der Polizist entsetzt die Augen aufriss.

»Parfümierte Hautcreme«, sagte Gabriel. »Er reibt seine Opfer damit ein, bevor er sie mit seiner Markierung zeichnet.«

»Erinnert mich an den Film ›Das Schweigen der Lämmer‹. Da näht der Täter aus Hautstücken seiner Opfer ein Kleid«, erwiderte Sandra.

Gabriel zog Latexhandschuhe aus der Hosentasche, streifte sie über und bat Sandra, ihm zu helfen, den Körper anzuheben. Sie nutzte ein Stück der Decke, um eine direkte Berührung zu vermeiden.

»Alles da«, sagte er.

Im Hintergrund übersetzte Sophia.

»Chef, ist das die Tat eines religiösen Fanatikers? Jemand, der Frauen hasst?«

»Die suchen sich meist Prostituierte als Opfer.

Und nach einer Prostituierten sieht das Opfer nicht aus.«

»Und woher wollen Sie das wissen?«, fragte Sandra.

»Neben der Hautcreme sind Reste eines schweren Parfums zu riechen. Prostituierte benutzen das nicht, weil das auf die Freier übergehen könnte und die das nicht wollen. Könnte sie bei den Ehefrauen verraten. Außerdem sind die Fingernägel unbehandelt.«

Der griechische Polizist sagte etwas und Sophia übersetzte.

»Nach ihrem Ausweis war sie Studentin. Angehende Bauingenieurin im zweiten Semester. Name: Elena Akrotatos.«

»Sie haben einen Ausweis gefunden?«, fragte Gabriel.

Der Polizist zog sein Handy aus der Tasche, rief ein Bild auf und reichte es ihm mit einer Erklärung.

»Die Forensiker haben ihn schon eingetütet«, übersetzte Sophia.

Gabriel sah einen Stapel mit der ordentlich zusammengelegten Kleidung seines Opfers.

»Er mag keine Unordnung«, sagte Gabriel. »Alles muss nach seinen Regeln passieren. Stück für Stück und ohne Unordnung. Er ist ein Kontrollfreak. Überlässt nichts dem Zufall. Geht absolut planvoll vor.«

»Und er hat es auf tätowierte, junge Frauen abgesehen«, sagte Sophia.

Kommissar Gabriel streifte sich die Handschuhe ab und verließ das Innere der Schilfhütte.

»Und er präsentiert sie seinem Publikum«, sagte Sandra. »Zwanzig Meter weiter sonnten sich die Leute auf ihren Liegen.«

»Eine üble Show«, erwiderte Gabriel. »Der eigentliche Tatort ist woanders. Er braucht Ruhe für sein Vorgehen. Gut möglich, dass er das zu einem heiligen Akt, zu einem religiösen Ritual hochstilisiert.«

»Wir müssen …«, sagte Sandra, doch Gabriel brüllte: »Ey, sind Sie verrückt geworden?«

Ein Mann hatte Mutter losgebunden und spazierte mit ihr zwanzig Meter weiter den Strand entlang.

»Sophia, geben Sie mir ihre Dienstwaffe«, sagte Gabriel. »Den knall ich ab.«

»Ich bin Praktikantin«, stotterte die Griechin überrascht und zeigte ihre leeren Hände. Gabriel stürmte los. Er war zehn Meter entfernt, als der vollbärtige Mann sich an einer Dusche bückte und einen weiter unten angebrachten Wasserhahn aufdrehte.

Mutter leckte gierig das Wasser auf.

»Was machen Sie mit meinem Hund?«, brüllte Gabriel ihn an.

»In Griechenland scheint die Sonne«, sagte er. »Sie können den Hund nicht in der Hitze angeleint lassen. Haben Sie kein Herz?«

»Aber es waren nur wenige Minuten.«

»Sind Sie blöd?«, sagte der Mann. »In Griechenland leint man die Hunde nicht an. Sie müssen sich in den Schatten verkriechen können.«

4.

»Die Tote ist nicht Lara«, sagte Kriminalrat Becker.

»Aber du hast gedacht, dass sie es sein könnte!«, schrie seine Frau.

»Gabriel hat das überprüft. Es handelt sich um eine griechische Studentin.«

»Glaubst du, er würde es dir am Telefon sagen, wenn es unsere Tochter wäre?«

»Schatz, er würde mich nicht anlügen. Er würde sich herausreden, aber ich habe eine klare Ansage von der griechischen Polizei. Es handelt sich definitiv nicht um Lara. Verstehst du? Die Tote wurde identifiziert.«

»Ich schicke Laras Foto per Mail an die Hotels.«

»An welche Hotels? Sie ist dort nicht gemeldet!«

»An alle. Ich schicke die Mail an alle Hotels auf Kreta.«

»Und was, wenn sie sich privat ein Zimmer genommen hat? Sollten wir nicht abwarten, was Gabriel herausbringt?«

»Ich habe gelesen, dass der Serientäter seine Opfer tagelang gefangen hält.«

»Schatz, das schreibt die Presse. Du weißt doch, wie sensationslüstern die sind. Da wird ...«

»Das ist mir scheißegal. Von der griechischen Polizei kriegst du ja auch keine genauen Informationen.«

»Sie halten mich über das Wichtigste auf dem Laufenden.«

»Auf dem Laufenden! Ich will meine Tochter zurück!«

»Liebling, das Abtauchen von Lara wird sich als harmlos herausstellen ...«

»Ich habe jetzt zu tun«, sagte Carla Becker und beendete das Gespräch.

Becker warf das Handy auf den Schreibtisch und drückte den Rücken gegen die Lehne.

Großer Gott! War es eine gute Idee, ausgerechnet Gabriel zu schicken? So, wie sie zu einander standen, konnte er sich nicht vorstellen, dass der Mann sich ins Zeug legen würde. In der Vergangenheit hatte er ihn sogar erpresst, und nein, er würde nicht zögern, seinen guten Ruf in den Dreck zu ziehen, wenn es ihm half.

Der Kommissar neidete ihm die Karrierechancen, die sich boten. Und das nur, weil er den Mann in den Archivkeller versetzt hatte. Dabei war das ein Akt der Gnade. Der konnte froh sein, dass er nach dem Korruptionsvorwurf nicht in den einstweiligen Ruhestand versetzt worden war.

Andererseits war der Schuss nach hinten losgegangen. Niemand war unberechenbarer als jemand, der nichts zu verlieren hatte. Und der, wider alle Vernunft, bei der Presse ein Stein im Brett hatte und dessen Name sogar der Innensenator kannte. Man musste vorsichtig sein.

Er hatte das zu spät erkannt und versucht, Gabriel wieder in ein halbwegs normales Büro zu stecken. Doch der Mann bestand auf dem Archivkeller. Auch seine Versuche, über seine Assistentin Sandra etwas herauszubringen, mit dem er den Mann unter Kontrolle halten konnte, waren gescheitert.

Nein, es war ein Fehler gewesen, ihn zu schicken. Natürlich wusste er, dass die Suche nach seiner Tochter nicht von seinen Vorgesetzten abgesegnet war. Aber angesichts der Gefahr, in der seine Tochter womöglich schwebte, nichts zu tun? Keine Option.

Allerdings gab es da eine weitere Möglichkeit. Das würde zwar teuer werden, aber egal, auf das Haus konnte er eine Hypothek abschließen.

Kriminalrat Becker beugte sich nach vorn und griff zum Telefon.

Sophia steuerte den Pick-up über einen Sandweg und parkte ihn dann an einer Mauer aus Natursteinen. Sie waren nicht in den Ortskern von Chania hineingefahren, sondern hatten die Stadt umrundet.

»Es wird Ihnen gefallen«, sagte Sophia.

»Solange wir nicht durch ein fremdes Schlafzimmer müssen, um in unsere Zimmer zu kommen«, knurrte Gabriel.

Ihm gefiel es gar nicht, dass ihnen die Suche nach einer Unterkunft aus der Hand genommen wurde. Er hatte an ein gemütliches Appartement mit zwei Zimmern gedacht. Mit einem vertretbaren Ausblick und möglichst ohne den üblicherweise nervigen Hotelbetrieb samt Schlacht ums Büfett.

»Sehen Sie es sich an«, sagte Sophia, die seine Gedanken zu lesen schien.

Sie stiegen aus und Sophia führte sie über die im Boden eingelassen Marmorplatten an einem Kaktus und einer Palme vorbei. Gabriel blickte plötzlich auf eine strahlend weiße Villa.

»Und?«, sagte Sophia.

Sandra starrte mit fassungslosem Gesichtsausdruck auf das Haus.

Die Villa war mit einer üppigen Terrasse samt Pool versehen. Im Stockwerk darüber zog sich ein ausladender Balkon mit Liegestühlen und Sonnenschirmen um das Haus. Nach vorn hin blickte man vom Inneren auf den Strand. Auch an beiden Seiten befanden sich Balkone, auf denen Liegestühle und kleine Tischchen standen.

»Und wo liegen unsere Zimmer?«, fragte Gabriel. »Ein Balkon wäre großartig.«

Sandra starrte immer noch auf die Strandvilla.

»Zimmer?«, fragte Sophia.

»Ich meine, wo kommen wir unter?«

»Na, im Haus.«

»Ja, aber wo im Haus?«

»Na, überall! Es steht leer.«

»Die griechische Polizei verfügt über derartige Gästehäuser?«

Sophia lachte auf.

»Nein, nein«, sagte sie. »Das gehört meinem Onkel. Sie können die Villa nutzen, solange Sie wollen.«

»Und wie sollen wir hier zum Arbeiten kommen?«, fragte Gabriel.

Sie versuchen meine Arbeit totzuschweigen, dachte er und fegte die Zeitung vom Tisch. Nicht mal ein Tatortfoto, keine Abbildung von ratlos herumirrenden Polizisten oder die erschrockenen Gesichter der Schaulustigen. Keine Interviews mit Angehörigen oder Freunden. Reicht Euch das nicht?

Sind Eure Augen so versiegelt? Eure Hirne vernagelt?

Er erhob sich von seinem Stuhl und trat ans Fenster. In drei Stunden würde hinter den Bergen die Sonne untergehen.

Er hob eine Einkaufstüte an, die neben dem Stuhl gestanden hatte und packte den Inhalt auf den Tisch: Hautcreme, eine kortisonhaltige Salbe, Nagellackentferner, eine Haarbürste, ein Maniküre-Set und Haarshampoo samt Pflegespülung.

Die Mädchen mussten in all ihrer Schönheit vor das Antlitz des Herrn treten. So, wie Gott sie geschaffen hatte. Rein. Ohne die Verunstaltungen und den Dreck, den sie sich mit ihrer maßlosen Gier zugezogen hat-

ten.

Eine Katze sprang auf das Fensterbrett und mit einem kurzen Miauen in den Schatten seines Zimmers.

»Nichts los am Hafen?«, sagte er.

Die Katze strich mit ihrem Rücken an seinem Bein entlang und begann zu schnurren.

»Und?«, sagte er. »Willst du, Kätzchen?«

Er nahm die auf dem Tisch liegende Haarbürste und hielt sie dem Kätzchen hin. Die Katze hob kurz die Vorderbeine und mauzte.

»Ich weiß doch, was du magst«, sagte er.

Dann strich er mit der Bürste über ihren Rücken. Die Katze streckte wohlig den Buckel durch und hob ihren zitternden Schwanz.

»Ich sollte mich mehr um dich kümmern«, sagte er. »Aber es ist immer viel zu tun. Und niemand anderes will meine Arbeit erledigen. Aber, was beschwere ich mich?«

Nein, dafür gab es keinen Grund. Er hatte Gott um einen Auftrag gebeten, und nun hieß es zu erfüllen, was er ihm aufgetragen hatte. Mochte die Last noch so schwer sein. Gott prüfte ihn. Für kommende Aufgaben.

Und so war es doch immer. Das Leben war eine Abfolge von Aufgaben, denen man sich zu stellen hatte. Klar, er hätte weglaufen können, aber mit Sicherheit wäre er immer wieder vor dieser Schranke gelandet. War Jesus weggelaufen, als der Herr ihm sein Kreuz aufbürdete? Hatte er das Weite gesucht und sich versteckt? Oh nein!

Ohne sich vom Stuhl zu erheben, zog er die Geschirrschublade heraus und griff hinein. Das Messer, das er herauszog, war ein Finndolch. Seine Schneide verengte sich zur Spitze hin und war leicht gebogen. Perfekt zum Ausnehmen von Fischen.

Der Griff war aus dem Geweih eines Rentieres gefertigt. Einen Schutz, der verhinderte, dass die Hand beim Zustechen auf die Klinge rutschte, gab es nicht. Man musste damit umgehen können. Wochenlang hatte er an Baumstämmen und Brettern geübt, bis er wusste, wieviel Kraft er für das Festhalten des Griffs aufwenden musste, ohne sich zu verletzen.

Es war am gleichen Tag zu ihm gekommen, als er seinen Auftrag erhielt.

Er lächelte. Finnland! Das war die erdachte Heimat des Weihnachtsmanns, der mit seinem von Rentieren gezogenen Schlitten durch die Lande fuhr und Geschenke verteilte.

Auch er hatte Geschenke im Gepäck.

»Willst du?«, fragte er das Kätzchen.

Die Katze mauzte.

»Ich habe noch Nieren im Kühlschrank.«

5.

»Mehr haben wir nicht?«, fragte Gabriel und hob den schmalen Papierstapel mit der Zusammenfassung der griechischen Ermittlungsergebnisse in die Höhe.

»Das ist alles, was freigegeben wurde«, sagte Sophia. »Wir haben bislang drei weibliche Opfer, eines davon ist eine Touristin.«

»Immer die gleiche Vorgehensweise?«, fragte Sandra. »Keine Verfeinerung seiner Methode?«

»Die Schnitte werden sauberer«, sagte Sophia. »Und er behält sie länger in seiner Gewalt.«

»Er schneidet immer *ein* Tattoo aus der Haut?«, fragte Gabriel.

»In einem Fall sind es zwei.«

»Und die Motive?«

»Soweit wir das recherchieren konnten, sind die völlig beliebig. Ein Tiger, ein Namenszug und ein Fabelwesen, das an eine Schlange erinnert.«

»Und die Leichenfunde?«

»Unterschiedlich. Einmal in der Hauptstadt Heraklion, dann in Malia weiter östlich und eben in Kissamos.«

»Sein Bühnenbild ist ganz Kreta«, sagte Gabriel mit düsterer Stimme. »Wie ein Todesengel, der über der Insel seine Bahnen zieht, um blitzschnell mit seinem Messer hinabzustürzen.«

»Auffällig ist, dass er die Umgebung der Ablageorte aufräumt und die Wäsche der Opfer ordentlich sortiert. So wie jemand, der beim Militär war und dort seinen Spind einwandfrei halten musste.«

»Ein Soldat oder Exsoldat als Täter?«, sagte Gabriel. »Aber passt das zu der teuren Hautcreme, mit der er seine Opfer pflegt oder pflegen lässt, bevor er sie umbringt?«

»Für mich könnte es auch ein Feuerwehrmann sein«, sagte Sandra. »Oder ein ehemaliger Internatsschüler.«

»Wo hat er seinen Opfern aufgelauert?«

Sophia überflog die Unterlagen.

»Unklar. Dazu steht hier nichts.«

Sie zog ihr Handy aus der Tasche und wählte eine Nummer. Dann wandte sie sich ab und trat auf die Terrasse.

»Sandra, was halten Sie von unserer Aufpasserin?«

»Sophia? Wieso denn Aufpasserin?«

»Na, sie sorgt dafür, dass wir nicht zu viel Wirbel machen und das Tourismusgeschäft stören.«

»Ich mag sie.«

Sophia kehrte zurück und sah die beiden an, als hätte sie mitbekommen, dass sie über etwas geredet hatten, das sie nicht mitbekommen sollte.

»Wir wissen nicht, was die Opfer in den letzten Minuten ihres Lebens in Freiheit gemacht haben. Eine ermordete Griechin war auf einer Wandertour, von der sie nicht zurückgekehrt ist. Bei den anderen tappen wir im Dunkeln.«

»Und wir wissen nicht, ob sich Lara überhaupt in seiner Gewalt befindet«, sagte Sandra. »Wir sollten uns auf ihre Spur konzentrieren. Deshalb sind wir hier. Weiß Becker so gar nicht, was seine Tochter vorgehabt haben könnte?«

»Mit ihm hat sie nicht geredet. Und mit ihrer Mutter auch nicht. Dass sie direkt nach ihrem 18. Geburtstag eine Reise machen wollte, hatte sie allerdings schon angekündigt«, sagte Gabriel. »In der Familie hat das jedoch niemand ernst genommen. Lindens Internet-Experten suchen nach ihren Spuren im Netz.«

»Haben Sie ihren Computer?«

Gabriel schüttelte den Kopf.

»Nur ihre häusliche IP-Adresse.«

»Was ist mit einer Handy-Ortung?«

»Das Telefon ist ausgeschaltet.«

»Sie hat Geld von ihrem Konto abgehoben und das Flugticket Hamburg-Chania per Lastschrift bezahlt«, sagte Gabriel. »Nach dem, was die Nerds bei einem Schnellschuss herausgefunden haben, war sie an Bord der Maschine. Am Flughafen verlieren sich dann alle Spuren.«

»Aber wie ist sie weitergereist?«, fragte Sophia.

»Wahrscheinlich mit einem Linienbus«, sagte eine Stimme hinter ihnen.

Die Terrassentür wurde aufgeschoben und Gabriel brauchte ein paar Sekunden, bis er erkannte, wer da in das Zimmer der Villa trat.

»Das gibt's doch nicht!«, sagte er. »Was machst du *hier*?«

6.

Das war ein sauberer Auftrag. Eine Suche in einem zivilisierten Land und mit handfesten Informationen, bei denen er ansetzen konnte. Leon van Kracht breitete vor sich auf dem Tisch ein Dutzend Fotos aus. Er schob sie hin und her und versuchte eine Ordnung hineinzubekommen, von der er noch nicht wusste, wie sie aussehen könnte und ob sie ihn weiterbrachte. Der spielerische Umgang mit einem Fall brachte zuweilen erstaunliche Anregungen.

»Wo steckst du?«, sagte er laut und strich mit dem Zeigefinger über eine der Aufnahmen.

Dann erhob er sich und warf einen Blick durch das Fenster. Rasensprenger versuchten, die Grünfläche vor dem Hotel zu retten. An einigen Stellen war der Farbton einem matten Braun gewichen. Den Palmen machte die Sonne weniger aus. Zum Glück wehte vom Meer her eine leichte Brise, die die Vorhänge an der Balkontür zum Flattern brachte.

Alles kein Vergleich zu der schwülen Hitze, die er in Johannesburg ertragen hatte. Irgendjemand in der Lütticher Zentrale musste ihn mögen.

Er nahm das Glas von einer kleinen Anrichte und zog eine Flasche Mineralwasser aus dem Kühlschrank. Als er sein Glas gefüllt hatte, setzte er sich damit wieder an den Schreibtisch, nahm die Lupe und ging erneut die Bilder durch.

Dem ersten Anschein nach war diese Lara Becker eine normale Jugendliche. Lange, locker geflochtene Zöpfe, eingerissenes Schlabber-Shirt mit der Aufschrift »Heaven is falling« und einen Ring in Blütenform am Finger. Sie saß entweder inmitten von Freunden, posierte für die Kamera oder saß lesend auf einer Steintreppe.

Dem Aussehen ihrer Freunde nach hatte sie eher mit flippigen Typen zu tun. Einer davon war komplett in schwarz gekleidet und trug Netzhandschuhe. Den geschminkten Augen und seinem Outfit nach musste er der Gothic-Szene angehören. »Emos« wurden Anhänger dieser Orientierung genannt. Eine brave Oberstufenschülerin war Lara wohl eher nicht. Und dass sie bereits jetzt an einer Hochschulausbildung und späteren Karriere feilte, war ebenfalls unwahrscheinlich.

Kosmetische Eingriffe wie aufgespritzte Lippen konnte er nicht entdecken. Ebenso wenig eine übermäßige Freizügigkeit, was ihre Kleidung betraf.

Sie schien eher rebellisch zu sein. Verweigerte den Lebensweg, den sich ihre Eltern für sie ausgedacht hatten, protestierte, war sicher ökologisch orientiert.

Kurz: ein Mädchen, dem durchaus zuzutrauen war, dass sie eine Zeitlang verschwand, um ihre neu gewonnene und langersehnte Erwachsenenfreiheit zu genießen.

Leon erhob sich, holte das auf dem Bett liegende Notebook und rief den Ordner auf, in dem er die Dokumente gespeichert hatte, die ihm die Agentur geschickt hatte. Hauptsächlich enthielt er Informationen über den Serienkiller, der seit ein paar Monaten Kreta heimsuchte.

Er rief die Fotos der bisherigen Opfer auf und verglich sie mit den ausgedruckten Bildern von Lara.

Passte sie in sein Beuteschema? Oder schlug er zu, wann immer sich die Gelegenheit bot und der Dämon in seinem Innern aus seinem Dämmerschlaf erwachte?

Sein Handy klingelte.

»Gersig hier.«

»Ah, die Zentrale ruft.«

»Mit einem Zusatzauftrag.«

»Lass mich raten: Das Mädchen nach dem Auffinden der Presse präsentieren, damit ein wenig Werbung für die Firma abfällt.«

»So ungefähr. Ich glaube zwar nicht an eine Verbindung, aber sollten Sie ganz nebenbei etwas über diesen Serientäter herausfinden …«

»An die Presse geben und den Firmennamen unserer Agentur nicht vergessen, verstehe.«

»Ja, wir sollten unsere Arbeit etwas mehr würdigen lassen. Meint die Geschäftsleitung. Die Enttarnung oder Hilfe bei der Enttarnung eines bösartigen Killers wäre ein echter Schub nach vorne für uns.«

»Also raus aus der Deckung und dem Schmuddel-Image einer Söldnerpolizei, verstehe.«

»Ja? Verstehen Sie wirklich? Wir helfen den Guten! Das ist das Signal für die Welt, eine schöne Botschaft. Besonders nach der Scheiße, die in Südafrika passiert ist, van Kracht!.«

Gersig beendete das Gespräch, indem er »viel Glück bei der Jagd« wünschte.

Leon legte das Handy neben die vor ihm ausgebreiteten Fotos.

Sollte die Agentur doch ihr Firmenlogo polieren, wie immer sie wollte, er hatte freie Hand. Das war für ihn die entscheidende Botschaft. Und er konnte sogar die Presse einsetzen. Als Nächstes musste er unbedingt mit diesem Hamburger Kommissar reden, der ebenfalls auf der Suche nach Lara war.

Vielleicht konnte er ihn von einer Zusammenarbeit überzeugen. Auf jeden Fall würde er sich viel Lauferei ersparen. Dessen Kooperation hatte der Auftraggeber zugesichert. Es hatte schon seine Vorzüge, wenn das Zielobjekt die Tochter eines hochrangigen Polizisten war.

Leon musste an Südafrika denken, an den schwitzenden Pharma-Chef, den er zunächst als Personenschützer begleitet hatte und dann auf einem sicheren Weg ins Ausland schaffen musste. Ein Mann, der immer noch in seiner faschistischen Burenwelt lebte und sein Drecksmedikament an schwarzen Kindern ausprobiert hatte. Wie viele an der Mixtur gestorben waren, war schwer zu sagen. Zahlreiche seiner Opfer waren Straßenkinder gewesen, die niemand vermisste. Niemand hatte ihre Geburt bei den Behörden gemeldet, sie hatten nie einen Arzt oder eine Schule von innen gesehen. Sie existierten nicht. Und da sie ihre Schlafplätze wechselten, fiel nicht auf, wenn sie nicht mehr da waren. Die Welt hatte nie Notiz von ihnen genommen. Außer dem Chef der Pharma-Firma.

Er würde dem Mann einen Besuch abstatten. Das hatte er sich fest vorgenommen. Wenn die Zeit gekommen war und niemand mehr eine Verbindung zur Agentur herstellen konnte.

Er betrachtete das Foto von Lara, auf dem sie von Freunden umringt war. Verflucht, irgendwo darauf musste ein Ansatzpunkt für seine Ermittlungen zu finden sein.

Er erhob sich, zog aus seinem Rucksack eine stärkere Lupe und suchte Millimeter für Millimeter des ersten Fotos ab. Bei welcher Gelegenheit war die Aufnahme entstanden? Die Gruppe saß auf einer Art Veranda. Eine Fischer- oder Berghütte, die sie während einer Wanderung aufgesucht hatten?

Es half nichts. Er musste erneut den Vater des Mädchens kontaktieren. Besser noch die Mutter. Andererseits lebten Achtzehnjährige ihr eigenes Leben und legten Wert darauf, dass sich die Eltern nicht einmischten. Machten aus jeder Sache ein Geheimnis, schotteten sich ab.

Auf dem Foto saß Sara auf einer hölzernen Querstrebe, ihre Beine baumelten herunter. Mit der Lupe fuhr er hinunter. Was war das da über dem Knöchel? Es sah aus wie der Kopf eines tätowierten grünen Panthers. Aber das konnte alles Mögliche bedeuten. Und plötzlich sah er es.

»Da hast du dich also versteckt«, sagte er und trank einen Schluck Wasser.

7.

»Spontaner Urlaub?«, fragte Gabriel und sah fassungslos Luca Linden an.

»Eher eine Datenexpedition«, grinste Linden.

Mutter lief schwanzwedelnd zu den drei Männern, die in der Villa aufgetaucht waren. Zumindest eine freut sich, dachte Gabriel.

Die beiden Informatiker Jens Raja und Stefan Wagner traten zur geöffneten Terrassentür und blickten hinaus aufs Meer. Dass ihnen der Ausblick den Atem verschlug, war ihnen eher nicht anzusehen. Ihre Gesichter zeigten keinerlei Begeisterung.

»Genug Platz haben wir hier jedenfalls«, sagte Sophia fröhlich. »Wie haben Sie uns gefunden?«

»Betriebsgeheimnis«, sagte Linden.

»Habt Ihr unsere Handys gehackt?«, fragte Gabriel.

Linden ging nicht weiter darauf ein.

»Wir haben einen Auftrag aus der Chefetage«, erklärte er. »Soweit ich es verstanden habe, geht es darum, ein Programm für ›Urlaubs-Erlebnis-Spiele‹ zu entwickeln. Die Jungs sollen prüfen, ob die WLAN-Verbindungen ausreichen, welche Ziele man anvisieren kann, wie man das interaktiv in Teilnehmergruppen strukturiert.«

»Ich verstehe überhaupt nichts«, sagte Gabriel.

»Die Leute machen eine Schnitzeljagd durchs Urlaubsparadies, landen bei den Sehenswürdigkeiten, bekommen Informationen zur Geschichte, entdecken besondere Plätze, tauschen sich aus, lernen sich kennen«, sagte Sandra. »Aktivurlaub plus Sightseeing.«

»Auf meinem Mist ist das nicht gewachsen«, sagte Linden. »Die haben das selbst betrieben. Ich bin mir nicht sicher, ob das nicht alles ein Vorwand ist.«

»Ein Vorwand?«, fragte Gabriel.

»Vielleicht ist ihr Interesse an der Mörderjagd geweckt. Möglich, dass sie helfen wollen, Lara zu finden.«

»Und das finanzieren die Chefs Eures Konzerns?«

Luca Linden zuckte mit den Schultern.

»Neue Urlaubskonzepte, innovative Ideen, der Markt bewegt sich. Aber, was weiß ich schon, ich bin hier nur der Betreuer.«

»Wir haben damals mit Hermann Hesses Siddharta am Strand gesessen und in den Himmel geguckt«, sagte Gabriel.

»Wie um Himmelswillen sollen wir das der griechischen Polizei erklären, wenn plötzlich aus heiterem Himmel ihre Datenbanken geknackt werden?«

»Gar nicht«, sagte Luca Linden. »Wir wissen nichts davon, sie wissen nichts von uns, so einfach. Und das ist nicht mal gelogen.«

Er bat Sophia, den Nerds die schmalen Informationen, die ihnen die griechische Polizei zur Verfügung gestellt hatte, auf einen Stick zu ziehen. Die sichtlich amüsierte Griechin nickte und führte die drei Männer in die obere Etage.

»Und wir machen uns jetzt an die Polizeiarbeit«, sagte Gabriel zu Sandra.

»Und das heißt?«

Leon van Kracht klappte den Deckel seines Notebooks herunter. Die möglichen Aufenthaltsorte des Mädchens waren überschaubar. Zwei Dutzend Orte, die er aufsuchen musste. Das bedeutete zwar viele Kilometer Autofahrt, und irgendwann ging es nur noch zu Fuß weiter, aber mit einer geschickten Vorbereitung würde er es in ein paar Tagen schaffen.

Doch was dann? Er würde das Mädchen präsentieren, die Presse würde sich einen Dreck darum scheren, und ihn würde man erneut an einen gottverlassenen Ort schicken.

Würde er denen jedoch den Serientäter liefern, so, wie es die Agentur-chefs wünschten, könnte er die Weichen noch umstellen und auf einem anderen Gleis endlich in seinem Leben vorwärts kommen. Diese eine Chance musste er nutzen. Dafür brauchte er nur eine kleine Lüge. Der örtlichen Polizei würde das nicht gefallen, aber mit der würde er schon fertig.

»Und was sollen wir ausgerechnet am Flughafen?«, fragte Sandra.

»Hier kommt man an, hier beginnt alles«, sagte Gabriel.

»Verstehe ich nicht«, sagte Sophia, die am Steuer des Pick-up saß.

»Wir werden uns mal ansehen, was junge Frauen machen, wenn sie frisch gelandet sind. Wer hat eine feste Buchung, was machen diejenigen, die keine haben, wohin fahren sie, welche Ziele steuern sie an, wenn sie einen Trip über die Insel planen?«

»Wir befragen frisch ankommende Frauen?«, sagte Sophia.

»Genau«, erwiderte Gabriel. »Sandra nimmt Mutter an die Leine. Mit ihrem Schleimer-Blick schafft sie Vertrauen.«

»Und ich?«

»Sie geben sich als Beamtin der Touristenpolizei aus«, sagte Gabriel. »Da sind wir doch dicht an der Wahrheit.«

»Und was machen Sie, Chef?«

»Background-Recherche«, sagte Gabriel. »Laut Flugplan landen in den nächsten zwei Stunden zwölf Maschinen. Schnappen Sie sich nur junge Frauen, die allein oder mit einer Freundin reisen.«

Gabriel schlenderte zu den Mietwagen-Anbietern, die ihre Shops gleich am Eingang der Ankunftshalle betrieben. Ganz selbstverständlich war Mutter mit Sandra und Sophia losgetrottet. Ein wenig verletzend war das schon!

Gabriel öffnete ein Foto von Lara im Handy. Kriminalrat Becker hatte ihm eine ganze Menge Bilder geschickt. Sie zeigten das Mädchen hauptsächlich mit missmutigem Gesicht. Nur auf einer Aufnahme lächelte sie.

»Haben Sie die schon mal gesehen?«, fragte Gabriel und streckte das Handy über einen Tresen in Richtung eines jungen Angestellten. Der schüttelte den Kopf und sagte »Sorry«.

»Dann holen Sie mal flott Ihre Kollegen, das ist eine Europol-Ermittlung.«

Der junge Mann sah ihn erschrocken an und verschwand im hinteren Teil seiner Vermietungsbucht. Nach zwei Minuten kehrte er mit zwei jungen Frauen und einem weiteren Mann zurück. Sie sahen sich das Foto an und schüttelten die Köpfe.

»We change our service staff regularly«, sagte der Mann, den Gabriel zuerst gefragt hatte.

Klar, das alles war ein Stochern im Nebel. Wer erinnerte sich bei dem Betrieb auf einem Flughafen schon an eine junge Touristin? Trotzdem musste man es versuchen. Sie brauchten einen Ansatzpunkt. Auch, wenn er vage war.

Gabriel klapperte die Stände weitere Autovermieter ab, fragte in vier Souvenirläden und sprach selbst die Flughafenmitarbeiter an, die in ihren Uniformen durch die Ankunftshalle wieselten. Auch zwei Reinigungsteams hielt er ein Foto von Lara Becker vor die Nasen.

Nach zwei Stunden verließ er den Flughafen, überquerte die vier Spuren vor dem Terminal und steuerte ein Café an, in dem Getränke, belegte Brote und Eis verkauft wurden. Am Tresen orderte er einen Frappé und fand dann einen Platz im Freien.

Am Nebentisch saßen Männer in ihrer Arbeitskleidung und tranken Kaffee. Für Gabriel war es ein Rätsel, wie man es schaffte, in dieser Hitze auf einer der Baustellen zu arbeiten, die es auf dem Flughafengelände gab.

Lara musste ein Ziel gehabt haben. Keine Achtzehnjährige fliegt aufs Geratewohl nach Griechenland. Oder doch?

Selbst Sandra hatte behauptet, schon oft daran gedacht zu haben, sich den nächstbesten Flieger zu schnappen und davon zu fliegen. Hatte Lara derartige Gedanken einfach in die Tat umgesetzt?

Vor dem Abflug-Terminal stoppten immer mehr Busse und entluden ihre Touristenfracht. Uniformierte Reisebegleiter versuchten, die Ströme zu dirigieren und ihnen den Weg zum richtigen Schalter zu zeigen.

Plötzlich legte sich etwas auf seine Oberschenkel. Gabriel schreckte zusammen und blickte dann in die verträumten Augen von Mutter.

»Du hast Sehnsucht nach mir?«, sagte er. »Sind

die jungen Damen zu anstrengend?«

Mutter fiepte und legte sich dann vor seinen Füßen auf den kühlenden Steinboden.

Eine halbe Minute später traten Sophia und Sandra auf ihn zu. Beide hielten Getränke in den Händen.

»Und was sagt die bahnbrechende Studie zu den Reisegepflogenheiten junger Frauen?«

»Da war wirklich alles dabei«, sagte Sandra und zog einen Notizblock aus ihrer Umhängetasche.

»Die meisten haben einen Pauschalurlaub gebucht und fahren mit dem Hoteltransfer zu ihrem Urlaubsort. Andere machen Individualurlaub, steuern aber ein bestimmtes Hotel an, um dann nach ein paar Tagen an einen anderen Ort zu wechseln, und wieder andere besuchen Freunde, die bereits auf der Insel sind. Dann haben wir junge Griechinnen, die aus Athen kommend auf Heimaturlaub sind und zwei Frauen, die sich bei Initiativen angemeldet haben.«

»Initiativen?«, fragte Gabriel.

»Die eine hilft bei einer Station für Schildkrötenauswilderung, und die andere hat einen traditionellen Töpferkurs gebucht.«

»Und ich habe ein Coaching-Seminar«, sagte Sophia. »Da geht es um das Überwinden von inneren Blockaden, falsche Bewusstseinsbeschränkungen und den Aufbau eines selbstverantwortlichen Lebens. So hat mir die Teilnehmerin das erklärt.«

»Und dann habe ich noch eine Frau, die mit ihrer Tanztruppe hier ist«, sagte Sophia. »Die treffen sich in Plakias, üben zusammen und absolvieren ein paar Auftritte in Bergdörfern.«

»Wer veranstaltet das?«

»Ein griechischer Tanzlehrer aus Hamburg. Die meisten Teilnehmer sind schon älter.«

»Wir müssen mehr über Lara erfahren«, sagte Gabriel. »Mal sehen, was Lucas Lindens Truppe über ihr Surfverhalten herausgefunden hat.«

»Und ich fahre in die Polizeizentrale in Heraklion, um zu sehen, ob es weitere Neuigkeiten gibt«, sagte Sophia. »Vielleicht hat die Obduktion von Elena Akrodatis etwas ergeben. Wir können dann ja heute Abend zusammen essen?«

»Ich glaube, der Serientäter, der hier auf Kreta sein Unwesen treibt, ist in seinem innersten Wesen ...«.

Leon van Kracht machte eine Pause. Er wollte das kommende Wort besonders betonen, damit der Journalist, der vor ihm saß, die Formulierung auch ganz bestimmt in seinen Artikel aufnahm.

»Nun, er ist im Innersten ein Feigling.«

»Ein Feigling?«, fragte der Redakteur nach.

»Sehen Sie, er attackiert seine Opfer, weil er Angst vor Frauen hat. Panische Angst.«

»Wie kommen Sie darauf?«, fragte der Reporter ungläubig.

»Sein Vorgehen«, sagte Leon van Kracht. »Er geht kontrolliert vor, späht seine Opfer und den Tatort genauestens aus, überlässt nichts dem Zufall. Er schlägt erst zu, wenn er sicher ist. Er kommt aus der Deckung, aus der Dunkelheit.«

Natürlich hatte er keine Ahnung, ob der Täter so vorging oder ob er sich spontan dazu entschied, die Mädchen anzugreifen. Seinem Informanten bei der griechischen Polizei nach wusste man das dort ebenfalls nicht. Ebenso wenig hatten sie über den Ort herausfinden können, an dem er seine Opfer einige Tage gefangen hielt.

»Sie sind so etwas wie ein Profiler?«, fragte der Journalist. »Hat die griechische Polizei Sie offiziell angefordert?«

»Ich habe jahrelang beim FBI gearbeitet, bevor ich in die Dienste der Agentur Delta-Vier getreten bin. Tatortbild und Tätervorgehen sind das A und O, um den Kreis der Verdächtigen immer enger zu ziehen. Man braucht als Ermittler Nähe zu dem Killer.«

»Ich stelle mir das nicht immer einfach vor«, sagte der Journalist, der Mühe hatte, die Aussagen von Leon van Kracht mitzuschreiben.

»Nein, das ist nicht einfach. Dieser Tätertyp ist einerseits unauffällig, führt vielleicht ein normales Familienleben mit Frau und Kindern und andererseits ...«

»Was glauben Sie, wie lange wird die Polizei brauchen, um den Mann dingfest zu machen?«

»Schwer zu sagen«, sagte van Kracht nach einer Pause. »Aber sie alle machen Fehler.«

»Was denn für Fehler?«

»Dazu möchte ich nichts sagen«, erwiderte Leon van Kracht. »Ich möchte ihn nicht warnen, verstehen Sie?«

Der Journalist nickte und fragte dann, ob er einverstanden sei, dass sie ein Foto von ihm veröffentlichen.

»Warum nicht?«, sagte van Kracht.

Eine halbe Stunde später stand er vor dem Hochhaus, in dem die Redaktion der Zeitung Cretan News untergebracht war.

Es war gut gelaufen. Die Agentur würde zufrieden sein, keine Frage. Erstens stand sie in den Schlagzeilen und zweitens war es wahrscheinlich, dass der Täter auf seine Beleidigungen reagierte.

Ob er aus der Deckung heraustrat, war allerdings fraglich.

Gern hätte er ihn noch etwas wegen seines dilettantischen Vorgehens verhöhnt, doch er durfte es nicht übertreiben. Der Täter war nicht dumm. Spürte er, dass dieses Interview eine gezielte Provokation war, würde er sich zurückziehen und abwarten.

Van Kracht überquerte am venezianischen Morosini-Brunnen den Vorplatz und schwenkte auf die Bazar-Straße ein, die man »1884« genannt hatte. Vielleicht fand er etwas Hübsches, das er Ria schicken konnte. Seine Tochter war zehn und lebte mit ihrer Mutter in Wien. Vor sechs Monaten hatte er sie das letzte Mal gesehen und er spürte immer noch ihre kleinen Finger, die sich beim Abschied in seinen Arm gekrallt hatten.

Das musste anders werden. Immer wieder hatte er im Kopf die Gründung einer eigenen Agentur durchgespielt, um so seine Zeit besser einteilen zu können. Ehemänner beim Fremdgehen beobachten oder Krankgeschriebene im Auftrag ihrer Firmen als Simulanten zu entlarven kam jedoch eher nicht infrage. Er dachte an eine Agentur, die Firmen eine Cyberabwehr gegen Eindringlinge anbot.

Die Schwierigkeit war, die Informatiker zu finden, die an solch einem Job interessiert waren. Mit seinen zurückgelegten 200.000 Euro kam er da nicht weit. Andererseits, der Bedarf war riesig. Dafür hatten allein schon die Erpressungs-Trojaner gesorgt, mit denen die Firmen angegriffen wurden. Nach offiziellen Schätzungen waren neun von zehn Unternehmen betroffen. Der Schaden belief sich auf über 200 Milliarden.

Selbst staatliche Stellen griffen bei der Bekämpfung dieser Hacker auf private Unternehmen zurück. Um die Zukunft musste er sich keine Sorgen machen, die Nachfrage würde weiter wachsen, und wenn nicht, dann konnte man selbst etwas nachhelfen.

Leon van Kracht setzte sich an einen Tisch im Café, bestellte einen Greek Coffee und zog sein Handy heraus. Auf der Straße fuhr im Schritttempo ein mit Plastikstühlen hoch bepackter Lastwagen vorbei. Aus einem Lautsprecher auf der Fahrerkabine kam eine schnarrende Stimme, die die Ware anpries.

Er rief die Mail seiner Agentur auf, tippte auf die angegebene Telefonnummer, nippte am Kaffee, den der Wirt ihm hingestellt hatte, und wartete. Wie er diese Gespräche mit Dilettanten hasste!

Aber es war ein notwendiges Übel.

8.

Das flache Betongebäude war direkt hinter dem Strand von Kalamaki errichtet worden.

»Warum gerade hier?«, fragte Sandra.

»Wir müssen ja irgendwo anfangen, und eine Schildkrötenschutzstation habe ich noch nie gesehen.«

»Kann es sein, dass Sie die Suche nicht ernst nehmen?«, fragte Sandra.

Gabriel gab etwas Unverständliches von sich und zeigte auf ein Gebäude, über dessen Eingangstür der Name »Archelon« stand. Davor standen ein paar junge Erwachsene. Sie alle hatten Einweghandschuhe übergestreift und redeten gestikulierend in einem Sprachenmischmasch miteinander. Noch etwas fiel Gabriel auf: Alle trugen blaue T-Shirts mit der Aufschrift: »Ask me about sea turtles.«

Das mussten die Freiwilligen sein, die sich nach Gabriels Suchmaschinen-Informationen hier versammelten, um die kleinen Schlüpflinge bei ihrem ersten Abenteuer, dem Gang ins Meer, zu beschützen. Gleich, nachdem die Jungtiere sich aus dem im Sand verborgenen Nest freigeschaufelt hatten.

Gabriel fragte einen jungen Mann nach dem »Chef«. Stumm zeigte er auf den Eingang des Gebäudes und wandte sich dann wieder der Gruppe zu, die zu beraten schien, wer in der Nacht die Nester beschützen sollte.

Sie betraten das Gebäude und standen vor einem Tresen. Gabriel war im Begriff, sein Handy herauszuziehen, um dem Mann das Bild von Lara zu zeigen, doch der nahm gar keine Notiz davon.

»Sind Sie Freiwillige, oder wollen Sie eine Patenschaft übernehmen?«

Sandra wollte antworten, doch Gabriel kam ihr zuvor.

»Patenschaft«, sagte er.

Der Mann nickte, zog ein Formular von einem Stapel und sagte: »Sie tragen da Name, Kontoverbindung und den Betrag ein, den Sie spenden wollen und ich mache anschließend einen Stempel drauf.«

»Sie kommen aus Deutschland?«, fragte Sandra.

»Ist lange her«, sagte der Mann und strich sich ein Büschel seiner goldenen Locken hinter das Ohr. »Wollen Sie auch?«

Sandra schüttelte den Kopf, während Gabriel die Urkunde mit seiner Unterschrift zurückschob und einen Fünfzig-Euro-Schein drauflegte.

»Damit sind Sie stolzer Patenonkel einer Mini-

Caretta caretta.«

Er deutete auf ein Plakat, das eine kleine Schildkröte bei ihrem Marsch ins Meer zeigte.

»Und was ist mit der Grünen?«, fragte Gabriel.

»Ist eine Chelonia Mydas«, sagte der Angestellte von Archelon. »Kommt hier äußerst selten vor, aber manchmal finden wir ein Nest.«

»Was machen Sie hier eigentlich genau?«, fragte Sandra.

»Wir stöbern die Nester auf, achten darauf, dass die Babys mit ihren weichen Panzern nicht gestört werden und unterstützen ein wenig, wenn es ins Meer geht. Es sind beides bedrohte Tierarten.«

»Und warum tragen Sie die Tierchen nicht ins Wasser«, fragte Gabriel. »Ich meine raus aus dem Nest und ab in die Fluten.«

»Weil sie das umbringen würde«, sagte der Blonde etwas mitleidig. »Auf dem Weg zum Meer müssen sich ihre Lungen ausbilden und die Organe stabilisieren. Ist so wie mit dem ersten Brüllen bei uns Menschen. Die Nester ...«

»Apropos Nester«, sagte Gabriel. »Woher kommen die Freiwilligen?«

»Das sind Naturschützer aus allen europäischen Ländern. Manchmal haben wir auch Freiwillige aus Neuseeland, Australien, den USA oder Kanada. Ist echt faszinierend, den Schlüpflingen zuzusehen.«

Plötzlich verzog er sein Gesicht zu einem Grinsen.

»Wollen Sie Ihrer Schildkröte einen Namen

geben?«, fragte er.

»Apropos Namen«, sagte Sandra, der das Geplänkel eindeutig zu lange dauerte.

Sie legte ihr Handy mit dem Bild Laras auf den Tresen.

»Haben Sie dieses Mädchen schon mal gesehen?«

Der junge Mann zog das Gerät herunter und betrachtete das Foto. Dann schüttelte er den Kopf.

»Sagt mir nichts, aber die Freiwilligen kommen und gehen. Wann soll sie denn hier gewesen sein?«

»Vor Kurzem«, sagte Gabriel.

»Nee, da kann ich Ihnen nicht helfen. Aber zeigen Sie das Bild ruhig nochmal den Leuten, die draußen vor der Tür stehen.«

»Onkel!«, sagte Gabriel.

Der Mann hinter dem Tresen sah ihn fragend an.

»Onkel«, wiederholte Gabriel. »Ich möchte, dass Sie meine Schildkröte so nennen. Sie haben doch gesagt, ich kann mir einen Namen aussuchen.«

»Aber wieso Onkel?«

»Ganz einfach, ich hatte einen Scheiß-Onkel, ein echter Geizhals. Wenn ich mir vorstelle, dass der jetzt auf allen Vieren ins Meer kriechen muss, großartig!«

Als sie wieder im Wagen saßen, den Sophia ihnen überlassen hatte, schüttelte Sandra den Kopf.

»Onkel! Sind Sie so rachsüchtig?«

»Der lief im Winter ohne Socken rum, weil er das Waschmittel sparen wollte. Ich finde, Schildkröte passt. Was sagen Sie zu dem Laden?«

»Chef, ein Treffer wäre ein Superzufall gewesen. Wie kommen Sie darauf, dass Lara hierhergekommen sein könnte?«

»Auf einem der Fotos, die Becker uns geschickt hat, ist sie mit einer Schildkröte zu sehen.«

»Himmel, das war ein Bild aus ihrem Jugendzimmer, und die Schildkröte war ein Kuscheltier!«

»Na und?«, sagte Gabriel. »Wir müssen uns in das Mädchen einfühlen. Sie ist genau der Typ Frau, die kleine Schildkröten bewacht.«

»Grundkurs Tiefenpsychologie, oder was?«, sagte Sandra.

Sie schüttelte den Kopf, startete den Wagen und steuerte ihn ein paar hundert Meter zur Strandpromenade.

»Ich brauch jetzt was Eisgekühltes«, sagte sie.

Gabriel nickte, und nachdem Sandra den Wagen vor der Promenadenabsperrung geparkt hatte, spazierten sie an den Cafés entlang.

Einzelne Kellner saßen an den leeren Tischen und warteten auf Kundschaft. Der gleich hinter den Café-Terrassen liegende Strand machte einen äußerst gepflegten Eindruck. An den Stangen für die meist aus Blättern geflochtenen Sonnenschirme waren Aschenbecher angebracht und die hölzernen Liegen waren mit dicken Auflagen versehen. Zwei Pärchen, die es sich vor ihnen gemütlich gemacht hatten, nippten an ihren Getränken.

»Ich seh mal, ob ich hier Sonnencreme kaufen kann«, sagte Sandra und verschwand.

Gabriel bestellte sich einen Bergtee und dazu ein

Mineralwasser. Er blätterte in dem Flyer, den er sich aus einem Display der Auffangstation gezupft hatte.

Irgendwann, lange bevor die Menschen auf der Erde erschienen, hatte sich eine dieser gepanzerten Überlebenskünstlerinnen genau auf diesen Strandabschnitt Kretas verirrt. Das hatte sich in ihrem Hirn verankert und auch all ihre Nachkommen hierhergeführt. Nur eine von tausend Meeresschildkröten schaffte es in der feindlichen Welt, die die Schlüpflinge erwartete, und kehrte zurück, um ihrerseits Eier abzulegen. Nach 18 bis 20 Jahren passierte das. Und dann folgte alle drei Jahre die Eiablage an ihrem Geburtsstrand. Na dann mal los, Onkel, dachte er.

Gabriel war heilfroh, dass er Mutter in der Strandvilla gelassen hatte. Sie hätte sich wahrscheinlich vor lauter Begeisterung gar nicht von den Meeresreptilien trennen können. Andererseits waren da die Nerds, die den Hund verwöhnten. Er musste aufpassen, dass sie ihm nicht noch den Rang abliefen. Mutter musste begreifen, zu wem sie gehörte.

Draußen kämpfte ein Schwimmer mit einer direkt unter der Meeresoberfläche liegenden steinernen Kante, die sichtbar wurde, wenn die Wellenbewegungen sie für wenige Momente freilegte. Der Mann strauchelte und konnte sich im letzten Augenblick festhalten. Dann nutzte er den Moment zwischen zwei Wellen und kletterte in gebückter Haltung über die Barriere.

Nach zehn Minuten kehrte Sandra zurück, legte ihre Tasche auf ihren Stuhl und nahm einen Schluck aus der Colaflasche.

»Dahinten gibt es ein Yoga-Studio«, sagte sie. »Ich habe denen ein Bild von Lara gezeigt.«

»Und?«

»Sie haben die Köpfe geschüttelt. Die Teilnehmer wechseln wöchentlich. Die Lehrer anscheinend auch.«

Weil Plakias nicht weit entfernt lag, statteten sie auf dem Weg der Tanzgruppe einen Besuch ab. Die war in einem Hotel untergebracht und übte einen Pontischen Tanz, bei dem hauptsächlich die Schultern bewegt wurden. Das Ganze sah bedrohlich aus. Nichts mit fröhlichem Sirtaki.

»Sehen Sie sich um«, sagte der griechische Tanzlehrer. »Sind alle über 65 Jahre alt. Jungen Teilnehmerinnen sind die Ausnahme.«

»Haben Sie eine Ahnung, was eine 18-Jährige auf Kreta reizen könnte?«

»Es gibt Diskotheken, Clubs, Sportangebote ... da suchen Sie eine Nadel im Heuhaufen. Haben Sie überhaupt keine Ahnung, was sie begeistert?«

»Ist ihre erste, eigenständige Reise.«

»Was meine Enkelin machen würde, weiß ich«, sagte der Grieche.

»Und das wäre?«

Kriminalrat Becker beendete das Gespräch und stieß hörbar den Atem aus. Drehten die da unten auf Kreta jetzt völlig durch?

Sein Kontaktmann bei der griechischen Kriminalpolizei hatte ihn aufgefordert, den Detektiv, dessen Agentur er beauftragt hatte, zu stoppen. Angeblich hatte er einer kretischen Tageszeitung ein Interview gegeben und eine Menge Staub aufgewirbelt. Wenn es stimmte, hatte der Detektiv den Killer dazu herausgefordert, neue Beweise seines Könnens zu demonstrieren. Dabei war doch völlig unklar, ob Lara sich in seiner Gewalt befand!

Eigentlich hatte er vorgehabt, Gabriel zurückzuholen, doch angesichts des Durcheinanders da unten wäre damit nichts gewonnen. Wie Sandra ihm berichtete hatte, suchten sie die Nadel im Heuhaufen. Aber immerhin: Sie suchten!

Allerdings hätte er mehr Systematik von Gabriel erwartet. Was sollte dieses Herumstochern? Und warum ignorierte er den Serienkiller, der auf der Insel unterwegs war? Verschwieg Gabriel ihm etwas? Und wie kam er darauf, eine Entführung auszuschließen? Oder tat er nur so und verfolgte im Geheimen eine andere Spur? Bei Wolf Gabriel wusste man nie, woran man war.

9.

»Ich brauche die Unterlagen«, sagte der fremde Mann fordernd, der vor Gabriel stand. Er war plötzlich aufgetaucht und hatte an der Tür der Villa gehämmert.

Sein enganliegendes T-Shirt betonte die darunter liegenden Muskeln. Keine Frage, er war gut trainiert. Dabei neigten Detektive doch sonst oft zur Korpulenz, was Gabriels Meinung nach an der Mischung von ungesundem Essen und dem langen Sitzen auf Autositzen herrührte. Stundenlange Observationen forderten ihren Preis.

»Also, was ist jetzt? Sie sind raus, Gabriel. Jetzt übernehmen die großen Jungs.«

» Aus welcher Arschlochfinsternis sind Sie denn hervorgekrochen?«, fragte Gabriel. »Verpissen Sie sich, bevor ich meinen Hund auf Sie hetze.«

Im Augenwinkel konnte er erkennen, dass Sandra sich ein Lachen über diesen Scherz nur mühsam verkneifen konnte.

Mutter saß eingeschüchtert neben ihr und

machte keinerlei Anstalten zu knurren oder zu bellen. Immer, wenn man das mal brauchte, blieb die Hündin stumm und zurückhaltend. Sophia dagegen begriff zunächst nicht, um was es überhaupt ging.

»Warum gehen Sie nicht ans Telefon«, sagte van Kracht. »Da hätten Sie ausreichend Zeit gehabt, sich bei Ihrem Chef rückzuversichern.«

»Rückversichern«, wiederholte Gabriel. »Sie kennen tolle Wörter. Ich muss mich bei niemanden ›rückversichern‹. Und jetzt verschwinden Sie!«

»Wie Sie wollen«, sagte Leon von Kracht. »Ist Ihr Ding, wenn Sie die Suche nach dem Mädchen vergeigen. Telefonieren Sie mit Ihrem Chef Becker und schicken Sie mir die Unterlagen ins Hotel Megalo.«

Als der ungebetene Gast die Villa verlassen hatte, warf Gabriel Mutter einen scharfen Blick zu.

»Schönen Dank auch«, sagte er.

»Was wollen Sie, Chef?«, sagte Sandra. »Die Hündin liebt die Harmonie.«

»Die Hündin hat Schiss.«

»Sie muss sich sammeln, mit der Situation klarkommen«, erwiderte Sandra. »Merken Sie nicht, dass sie in letzter Zeit nervös ist?«

Ja, das stimmte! Wenn er jetzt darüber nachdachte, fiel ihm ein, dass Mutter sogar in der Nacht unvermittelt aufwachte, durch das Schlafzimmer trottete und manchmal durch das Fenster in den Sternenhimmel blickte.

Brauchte sie am Ende doch mehr Zeit, um sich an die Veränderungen zu gewöhnen? Am Flughafen hatte sie doch entspannt gewirkt!

Oder hing sie zu lange mit den Nerds herum? War es möglich, dass die mit ihr irgendwelche Psychospielchen spielten? Oder gaben sie dem Labrador ungesundes Essen?

Er musste ein Auge darauf haben. Fehlte noch, dass die seine Hündin versauten und er dann anschließend einen Hundetherapeuten bezahlen musste. Sophia trat durch die Terrassentür und sah sich suchend um.

»Was gibt es Neues von Ihren Kollegen?«, fragte Gabriel.

»Wenig«, sagte Sophia. »Es gibt zwar ein paar DNA-Spuren, aber bis jetzt konnten sie nicht zugeordnet werden.«

»Wurden Augenzeugen gefunden, die von der Entführung etwas mitbekommen haben?«

»In Kissamos will eine Gruppe von Tavernengästen zur fraglichen Zeit einen Mann gesehen haben, der eine junge Frau im Arm gehalten hat, die angeschlagen wirkte.«

»Angeschlagen?«

»Sie haben die Frau für betrunken gehalten. Bei der Beschreibung konnten sie sich nicht einigen. Angeblich soll er ein dunkelgraues, braunes oder schwarzes Hoodie getragen haben, dessen Kapuze ins Gesicht gezogen war.«

»Und andere Zeugen?«

»Ein Kellner hat jemanden gesehen, der eine

Gruppe von Jugendlichen beobachtet hat, die am Strand von Kissamos gefeiert haben. Der Mann sei ihm gleich aufgefallen, weil er mit dem Handy heimlich Fotos von den jungen Leuten gemacht hat.«

»Der Partner einer Betrunkenen und ein Spanner. Nicht gerade heiße Spuren«, sagte Gabriel, der jetzt Sandra ansah.

»Was ist mit Kriminalrat Becker? Neue Infos aus Hamburg?«

Sandra zuckte die Schultern.

»Ich bin im Urlaub, ich darf ihn nicht anrufen.«

Gabriel stöhnte und Griff zum Telefon.

Auf der anderen Seite der Verbindung wurde sofort abgenommen.

»Gabriel? Gibt's Neuigkeiten?«, fragte Kriminalrat Becker.

»Wir stehen noch am Anfang.«

Beckers Stimme klang übermüdet und gereizt. Nichts mehr übrig von der cholerischen, rechthaberischen Art, die sein Vorgesetzter ihm gegenüber so gern an den Tag legte.

»Ich hatte so gehofft, Sie haben etwas Neues für mich. Kein Lebenszeichen?«

Becker stieß die Luft aus und schwieg ein paar Sekunden, als müsste er sich erst wieder zurechtfinden.

»Nichts«, sagte er.

»Meine Frau dreht völlig durch. Sie meint, dass unsere Tochter das nie machen würde. Unter normalen Umständen.«

»Was heißt ›normale Umstände‹?«

»Lara hat in letzter Zeit mit uns beiden Streit gehabt. Wir wollten mir ihr darüber reden, wie es beruflich weitergehen soll.«

»Und da wollte sie sich nicht reinreden lassen.«

»›Nach dem Abitur ist Schluss mit der Bevormundung‹, hat sie gesagt.«

»Und Sie haben so gar keine Ahnung, wofür sie sich interessiert hat?«

»Soll das jetzt eine Familienberatung werden?«, donnerte Becker ins Telefon.

»Verflucht, Becker. Wir brauchen Ansatzpunkte! Das hier ist nicht Helgoland. Es gibt Millionen Besucher jedes Jahr.«

»Sie hat sich für alles Mögliche interessiert«, sagte Becker. »Ich habe das an ihr bewundert, auch wenn wir nicht gerade einer Meinung waren.«

»Was ist ›alles Mögliche‹?«

»Die Umwelt, fremde Länder und Kulturen, Integration von Flüchtlingen, UNO-Hilfsprojekte ...«

»Und was ist mit Stricken?«, fragte Gabriel.

»Bitte? Wieso stricken?«

»Hat sie sich für Stricken, Handarbeit, Basteln oder so etwas interessiert?«

»Davon weiß ich nichts.«

»Das ist doch schon mal ein Anfang«, sagte Gabriel.

»Leon van Kracht hat mich angerufen. Warum händigen Sie ihm nicht die Unterlagen der Polizei aus?«

»Weil der Mann ein Arschloch ist.«

»Der Mann hat eine FBI-Ausbildung durchlaufen. Ist ein Profi, was man von Ihnen... aber lassen wir das.«

»Ich habe keine Polizeiunterlagen«, sagte Gabriel und erntete für diese Lüge einen strafenden Blick von Sophia.

»Hören Sie, Gabriel. Es geht darum, Lara zu finden. Nicht um irgendwelche Eitelkeiten, verstanden? Wenn Sie die Arbeit der von mir beauftragten Agentur ...«

»Hier gibt es eine Leitungsstörung. Hallo?«

»Den Scheiß kenne ich schon, hören sie zu ...«

Gabriel unterbrach die Verbindung.

»Und jetzt?«, fragte Sandra.

»Machen wir weiter. Was ist eigentlich mit Lindens Truppe?«

Gabriel deutete auf die Zimmerdecke.

Ein wenig zu schnell lief Mutter in das Zimmer und sah sich aufgeregt um. Dann steuerte sie ihr Kissen an, drehte sich ein und plötzlich war ein Knacken zu hören.

»Du wirst dir an den Leckerlis noch den Magen verderben«, sagte Gabriel.

Mutter schluckte und sah ihn an, als könnte sie kein Wässerchen trüben.

Leon van Kracht schob eine 6-Millimeter-Derringer in die Halterung am Schaft seines Schuhs, band sein Schulterholster mit der Glock um und kontrollierte, dass die Ausbuchtung an seiner Jacke nicht zu sehr auffiel.

In die Tasche schob er einen Nagelclip, der bei einer eventuellen Fesselung mit Kabelbinder hilfreich war und ein Dietrich-Set, das man zumindest bei einfacheren Schlössern einsetzen konnte. Dazu kam ein leichtes, aber rasierklingenscharfes Keramik-Messer mit zwei weiteren Kabelbindern, die lang genug waren, um Fußgelenke zu fixieren.

Die Ausrüstung musste leicht sein. Und im Ernstfall schnell zu erreichen.

Als letztes schob er einen GPS-Sender in eine Naht am Kragen seiner Jacke, aktivierte ihn und alarmierte die Agentur-Zentrale in Lüttich, dass er sich in eine Gefährdungssituation begebe und ein Sicherheitsupdate alle zwei Stunden geben würde.

Meldete er sich nicht, würde durch den Mitarbeiter bei Delta-Vier ein Alarm ausgelöst und die griechische Polizei über seinen genauen Aufenthaltsort informiert.

Dieses Sicherungssystem hatte sich als höchst effektiv erwiesen. Er selbst hatte es vor zwei Jahren vorgeschlagen. Bei seinem Einsatz in Südafrika hatte es ihm das Leben gerettet.

Er war dort in einen Container gesperrt worden, und ohne den Sender hätte man ihn im Hafen von Kapstadt sicher nicht rechtzeitig gefunden.

Eigensicherung war das oberste Gebot bei jedem Auftrag. Das galt nicht nur, wenn man es mit der organisierten Kriminalität zu hatte. Auch, wenn man sich einem irren Serienkiller auf dem Silbertablett servierte, war es eine Lebensversicherung.

Van Kracht verließ das Hotel und setzte sich

gut sichtbar in ein Café direkt neben dem Haupteingang. Wenn sich der Killer überhaupt aus der Reserve locken ließ, dann nur, wenn er das Gefühl hatte, das sein potentielles Opfer sich überlegen und sicher fühlte. Gerade dieses demonstrierte Gefühl der Sicherheit löste bei vielen von ihnen den unbändigen Wunsch aus, zuzuschlagen. Es dem Feind mal richtig zu zeigen.

Natürlich gab es auch Serientäter, die nicht von ihrem Opfertypus abwichen, die meisten aber wollten ihre Überlegenheit demonstrieren. Oft nahmen sie Kontakt zu Polizisten oder zur Familie auf. Es gehörte zu ihrem Kick. Ihrem Triumph-Gefühl. Herr über Leben und Tod zu sein ... eine lächerliche Anmaßung. Doch für sadistische Killer ein Adrenalin-Stoß, der sie dazu trieb, trotz aller Gefahren weiter zu machen, sich das nächste Opfer auszusuchen.

Während seiner Ausbildung in der FBI-Zentrale in Quantico hatte er zahllose Interviews gelesen, die Psychologen mit Serientätern geführt hatten. Und er hatte Verhör-Videos gesehen. Ihr Gesichtsausdruck bei ihren Tatschilderungen hatte sich bei ihm eingebrannt. Besonders die Gesichtsausdrücke, wenn sie ihren Überlegenheitsgefühlen nachschmeckten.

Selbst in Haft fühlten sie sich überlegen, weil sie das Abwerfen moralischer Normen als ihr Schild und Rechtfertigung begriffen. Im Unterschied zu all den anderen Idioten hatten sie sich über die Normen hinweggesetzt. In diesen Erinnerungen waren sie selbsterklärte Helden in ihrer von Gewaltexzessen beherrschten Welt.

Der Kellner erkannte ihn wieder und begrüßte ihn mit einem: »Greek Coffee?«

»Und dazu ein Schinken-Käse-Toast.«

Der Kellner nickte und verschwand im Inneren des Cafés.

Er hatte den Stuhl so an den Tisch gerückt, dass sein Rücken von einer Mauer geschützt war.

Der Kellner brachte den Kaffee und den Toast. Anschließend legte er die Zeitung auf den Tisch, die er unter den Arm geklemmt hatte. Sie war auf der Seite mit Leons Konterfei geöffnet.

»Finden Sie das Schwein«, sagte er. »Und dann bringen sie ihn mir. Ich weiß, was mit dem Mann zu tun ist.«

Van Kracht zeigte ihm ein dürres Lächeln und biss dann in seinen Toast.

Dieser Kommissar Gabriel hatte sich anders verhalten, als er sich das vorgestellt hatte. Er hatte sich keine Mühe gegeben, seine Kompetenz unter Beweis zu stellen oder seinen Einsatz zu rechtfertigen.

Entweder war der Mann ein Volltrottel – oder aber cleverer, als er dachte. Also musste er auf das zurückgreifen, was er von anderer Seite in Erfahrung bringen konnte. Nützlich war, dass die Agentur Delta-Vier sich mit der Leitung der griechischen Polizei zusammengeschaltet hatte und dort hatte durchblicken lassen, dass es sich ihrer Meinung nach um einen ausländischen Täter handelte. Das war gut angekommen.

Man wollte weitere Informationen zusammenstellen und der Agentur so schnell wie möglich schicken, wenn man die bürokratischen Hürden umschifft hatte, die es bei solch einem Anliegen gab.

Leon setzte seine Sonnenbrille auf und sondierte sein Umfeld. Touristengruppen, Frauen mit Einkaufstaschen, Jugendliche, die um Motorräder standen und sich unterhielten. In einem Schuhladen probierten zwei Männer Wanderstiefel an, und zwei Gruppen von älteren Männern saßen drüben im Kafenion und spielten Karten.

Das war es, was er sehen konnte. Was im Halbschatten der Hauseingänge oder hinter den Fenstern passierte, war schwer abzuschätzen. Dass der Täter ihn mit einer Langwaffe auf große Distanz ins Visier nahm, glaubte er nicht. Das wäre ihm zu gewöhnlich. Zu wenig raffiniert. Nein, der Mann war jemand, der seinen Opfern nahe sein wollte.

Jetzt galt es nachzulegen. Er wählte die Nummer der Cretan News und verlangte den Redakteur, der mit ihm am Vortag das Interview geführt hatte.

»Van Kracht, sind Sie das?«

»Richtig. Gibt es schon Reaktionen?«

»Und ob. Die Leute sind geschockt. Serienkiller sind wir hier in Griechenland nicht gerade gewöhnt. Gott sei Dank.«

»Ich meine Reaktionen des Täters. Wütende Anrufe, Beschimpfungen, seltsame Botschaften?«

»Bis jetzt eher nicht«, sagte der Reporter. »Die

Kollegen würden mir das mitteilen.«

»Fein«, sagte van Kracht. »Dann sollten wir jetzt nachlegen.«

»Sie haben neue Informationen?«, fragte der Reporter.

»Zum einen haben wir in der Agentur ein Profil entwickelt. Wahrscheinlich ist, dass der Täter ein gestörtes Verhältnis zu seiner Mutter hat oder hatte. Er tötet stellvertretend.«

»Aber die Opfer sind *junge* Frauen!«

»Eben«, sagte van Kracht. »Nach der Einschätzung unserer forensischen Psychologen arbeitet er sich voran. Seine Opfer werden älter werden.«

»Und was ist mit den herausgeschnittenen Tattoos?«

»Seine Mutter könnte so etwas haben, aber das ist nicht sicher. Wahrscheinlicher ist, dass er alles herausschneidet, was seiner Mutter lieb und teuer war.«

»Und was soll das heißen?«

»Na ja, wenn die Mutter Sterne, Wolken, Sonnendarstellungen oder Ähnliches mochte, dann wird er genau das entfernen.«

»Aber das bedeutet, dass er die Frauen vorher genau beobachtet, ob sie derartige Tattoos tragen.«

»Genau. Bei seiner Mutter stelle ich mir so eine flippige Esoterikerin vor. Eine Frau, die es in ihrem Leben mit wechselnden Sexualpartnern nicht so ernst genommen hat. Gut möglich, dass der Täter seinen Vater nicht kennt. Wie auch immer, er ist voller Wut und Hass.«

»Aber so etwas kommt tausendfach vor. Die Polizei kann nicht jeden verhören, der eine schlimme Kindheit hatte.«

»Es sind Näherungswerte«, sagte van Kracht. »Arbeitshypothesen. Wir bewegen uns auf ihn zu. Kreisen ihn ein. Warten, bis er einen Fehler macht.«

»Ich weiß nicht, ob ein solch vages Profil für einen Artikel reicht. Da müsste ich erst mal mit dem Chefredakteur sprechen. Und der wird sich nach den Empfehlungen der Polizei richten.«

»Warten Sie's ab«, sagte van Kracht. »Ich glaube, ich kenne ihn.«

Auf der anderen Seite der Verbindung herrschte plötzlich Totenstille.

Der Reporter kämpfte mit einem Räuspern gegen die Trockenheit in seinem Hals.

»Sie wissen ... wer er ist?«

»Ich bin ihm begegnet. Mehr kann ich nicht sagen. Es war im Laufe einer anderen Ermittlung.«

»Und bei der ging es ebenfalls um Mord?«

»Es steckt mehr dahinter«, sagte van Kracht. »Warten wir es ab.«

»Aber wir dürfen schon schreiben, dass Sie glauben, den Mann zu kennen?«

»Warum denn nicht? Er muss wissen, dass er nicht länger in der Dunkelheit steht.«

Zum Schluss des Gesprächs versprach der Reporter, sich zu melden, falls es doch zu einer Kontaktaufnahme seitens des Täters kommen sollte.

»Und auch Sie halten mich auf dem Laufenden?«

»Sicher«, sagte van Kracht.

Dass es ein Profil gab, hatte er sich ausgedacht. Ebenso seine Mutmaßungen über den Täter und all den Stuss, den er sonst noch geäußert hatte. Kein großes Ding, denn die Presse würde mit ihren Spekulationen ohnehin in diese Richtung gehen. Wichtig war: Seine Mutmaßungen mussten in einigen Punkten falsch oder zumindest böse provozierend sein.

Die Behauptung, dass er glaube, dem Täter schon begegnet zu sein, war nur das Sahnehäubchen. Wenn die Provokationen keine Reaktion hervorbrachten, dann hoffentlich das Gefühl, enttarnt zu werden.

Er musste wütend darüber werden, was man über ihn schrieb und besonders über denjenigen, der solche Behauptungen in die Welt setzte. Leon rechnete fest damit, dass der Täter das nicht unwidersprochen und ohne Reaktion durchgehen ließ.

Alles, was er über die Tatorte wusste, deutete darauf hin, dass er – so kontrolliert er auch vorging – für Momente seine Impulskontrolle verlor. Sicher, er hatte die Kleidung seiner Opfer ordentlich zusammengelegt, große Sorgfalt bei der Auswahl der Ablageorte walten lassen, doch soweit Leon durch einen gerichtsmedizinischen Bericht, den er hatte besorgen können, wusste, gab es vollkommen unmotivierte Schnitte auf den Leichen. Post mortem, wie in den Berichten vermerkt war. Beim Töten selbst war er hochkonzentriert. Doch im Anschluss ging sein Trieb mit ihm durch.

Alles sprach dafür, dass er Plastiktüten benutzte, die er seinen Opfern über den Kopf stülpte und sie dann bei ihrem Todeskampf beobachtete. Vielleicht gab er ihnen sogar Botschaften mit ins Jenseits. Und lächelte, während die Zungen seiner Opfer blau hervorquollen.

Gabriel stellte sich an die Terrassentür und sah hinaus auf das Meer. Aus dem Dunst löste sich ein Fischerboot, das einen Wellenfächer hinter sich herzog. Es war fast windstill. Eine träge Nachmittagsstimmung, in der die meisten Einheimischen ein Mittagsschläfchen hielten. Erst am Abend würde das Leben in den Gassen wieder erwachen.

Plötzlich sah er Mutter, die draußen auf dem Gelände einer Maus hinterherlief. Irgendwelche Anstalten, sie zu fangen, machte die Hündin nicht. Es war eher ein Spiel. Dann verschwand sie hinter der Bretterwand eines Häuschens. Gabriel glaubte, dass dort Gärtnerutensilien untergebracht sein mussten. Oder war es die Pumpstation des Swimmingpools?

Gabriel machte einen Schritt darauf zu und umrundete das hölzerne Gebäude. Es war größer, als er gedacht hatte. Vorn war neben der Tür jeweils ein Fenster eingebaut. Hineinschauen konnte er nicht, weil zwei ausgeblichene Vorhänge die Sicht verhinderten.

Gabriel öffnete die angelehnte Tür und trat ein. Seine Augen brauchten ein paar Sekunden, um sich an das Dämmerlicht zu gewöhnen.

»Was zum Teufel ist das denn hier?«

»Unsere Einsatzzentrale«, sagte Luca Linden fröhlich und streichelte dabei Mutter.

Auf den Boden war eine überdimensionierte Matratze ausgebreitet, auf der die beiden Informatiker vor ihren Notebooks halb lagen, halb hockten.

»Sophia hat uns erlaubt, das Häuschen zu nutzen«, sagte Linden. »Ihr Onkel hat das für seine Enkel gleich mitgebaut, doch seine Kinder hatten keine Lust auf Nachwuchs. Stefan und Jens finden das super«, sagte er.

Die beiden hoben kurz den Kopf und sahen ihn mit ausdruckslosem Gesicht an.

»Aber ihr habt eine eigene Etage in der Villa zur Verfügung!«, stöhnte Gabriel.

»Gabriel, sie brauchen eine kreative Umgebung.«

»Und haben sie etwas für uns? Ich meine, sind sie fündig geworden?«

Stefan Wagner hob kurz den Kopf, sah dann aber sofort wieder auf seinen Bildschirm.

»Im Wesentlichen haben sie sich um ihre Abenteuerspielchen gekümmert, das sie hier entwickeln wollen. Sie haben Targets ...«

»Targets?«

»Also sie haben Ziele ausgesucht. Sehenswürdigkeiten und so, die Netzabdeckung überprüft, Spieleparameter bestimmt ...«

»Erspar mir das«, sagte Gabriel. »Haben sie Infos über das verschwundene Mädchen? Gibt es Spuren im Netz? Hat sie sich in einem Internetcafé eingeloggt, irgendetwas?«

Lucas Linden sah in schulterzuckend an.

»Könnte es sein, dass sie mauern?«, fragte Gabriel.

Die beiden jungen Männer zeigten keinerlei Regung. Jens Raja stülpte sich den Kopfhörer über, dann rasten seine Fingerkuppen über die Tastatur.

»Und was ist mit Mutter?«, fragte Gabriel.

» Die schaut ab und zu hier vorbei und lässt sich kraulen.«

»Und wird von Euch gefüttert?«

Schuldbewusst hielt Linden eine Tüte mit Hundekeksen hoch.

»Das ist nur das Allerbeste: Vitamine, gut für die Zähne, aus Bioproduktion.«

»Und warum ist der Hund so nervös?«, fragte Gabriel.

»Keine Ahnung, ist mir nicht aufgefallen«, sagte Luca Linden.

»Der wandert nachts durchs Schlafzimmer.«

»Vielleicht schläft sie tagsüber zu viel.«

Als hätte sie gehört, dass man über sie sprach, trottete Mutter in das Häuschen und warf sich neben Stefan Wagner auf die Matratze.

»Siehst du?«, sagte Linden. »Sie fühlt sich wohl.«

Gabriel verließ das Häuschen, blieb hinter dem Swimmingpool stehen und wartete. Mutter machte keine Anstalten, ihm zu folgen. Verflucht, er musste aufpassen. Die Nerds machten ihm das Tier am Ende noch abspenstig!

Hunde waren auf eine Person fixiert. Das hatte er zumindest gelesen. Doch bei Mutter kam ein überzogener Rudel-Impuls zum Vorschein. Sie adoptierte einfach alles, was in ihrer Umgebung herumstand und lief. Wahrscheinlich sogar die Maus, mit der sie vorhin gespielt hatte. Warum aber dann die Nervosität in seiner Gegenwart? Fühlte sich Mutter mit ihm unwohl?

Gabriel setzte sich auf eine Bank, die hinter dem Swimmingpool stand, und wählte die Nummer von Carla Becker, der Mutter des verschwundenen Mädchens.

»Gabriel hier, ich bräuchte dringend noch ein paar Informationen.«

»Haben Sie inzwischen eine Spur?«

»Wir sind mittendrin. Woher wissen Sie, dass Lara nach Kreta wollte?«

»Weil sie darüber geredet hat.«

»Wir brauchen einen Ansatzpunkt. Überlegen Sie. Was genau hat sie gesagt?«

»Sie hat über die Natur auf der Insel geredet, von den weißen Bergen, der Lasithi-Hochebene, der längsten Schlucht Europas. Ganz allgemein eben.«

»Wann hat das angefangen?«

»Vor ein paar Wochen.«

»Hat sie Ihnen etwas in ihrem Computer gezeigt? Ehemalige Hippie-Orte wie Matala oder die Insel ...«

»Daran kann ich mich nicht erinnern. Sie glauben nicht, dass dieser Serientäter sie in seiner Gewalt hat?«

Gabriel überlegte angestrengt. Es half nichts, sie jetzt weiter zu beunruhigen.

»Ich halte das für unwahrscheinlich. Bisher deutet nichts darauf hin.«

»Aber ausgeschlossen ist es nicht?«

»Ich will nicht spekulieren. Aber ich lasse nichts außer Acht, versprochen. Sie wissen doch, wie junge Frauen sind«, sagte Gabriel.

»Lara ist keine junge Frau. Sie ist ein Mädchen. Fast noch ein Kind.«

»Ich melde mich, sobald es nur den Ansatz einer Spur gibt. Übrigens: Hat sie viel Zeit bei Facebook, Twitter, Instagram oder TikTok verbracht?«

»Normal, würde ich sagen«, erwiderte Carla Becker. »Manchmal hat sie gesagt, dass sie da etwas erledigen müsse und dass sie die Verantwortung habe, ob etwas klappt oder nicht klappt.«

»Dann hat sie als Administratorin Gruppen betreut. Hat sie mal etwas über Influencer geäußert oder dass sie das selbst gern machen würde?«

»Nein. Sie war doch mit ihrem Abitur beschäftigt.«

Gabriel beendete das Gespräch und sah hinaus aufs Meer. Draußen kehrte eine alte Holzyacht mit Ausflüglern zurück in den Hafen. Dies Boote brachten am Morgen die Touristen an malerische Strände in der Umgebung und schipperten sie am Spätnachmittag wieder zurück.

Luca Linden trat auf ihn zu und setzte sich neben ihm auf die Bank.

»Ehrlich gesagt weiß ich nicht, warum Jens und Stefan wegen Lara nicht loslegen. Das ist seltsam. Aber man kann nicht in deren Köpfe blicken. Vielleicht wissen sie, dass das Mädchen nicht gefährdet ist.«

»Und woher, bitteschön, sollten sie das wissen?«, fragte Gabriel.

»Keine Ahnung. Vielleicht haben sie sie ja längst ausfindig gemacht.«

»Ist ja ein super vertrauensvolles Verhältnis, das Ihr da habt. Erzähl mir von diesem Auftrag des Spielekonzerns.«

»Sie haben ein Konzept für einen Abenteuerurlaub erstellt. So eine Art Schnitzeljagd, bei der man tolle Orte der Insel ebenso erkunden kann wie die berühmten Geheimtipps. Dabei werden Teams gebildet, die sich intensiv austauschen. Dann werden virtuelle Fundstücke, Prämien und so weiter in der Landschaft verteilt. Ebenso wie neue Hinweise. Das Ganze soll Spaß bringen. Genügend Zeit zum Relaxen in der Bar oder auf dem Strand wird eingeplant.«

»Gehört es auch dazu, die Leute zu bestimmten Urlaubsorten zu schaffen?«

»Klar, das ist dann eher das Marketing. Aber ob die beiden damit ebenfalls zu tun haben, weiß ich nicht. Die sind in einer frühen Phase. Praktische Machbarkeitsstudie nennt man das.«

»Aber sie bauen eine komplette Schnitzeljagd, um das durchzuspielen und auftauchende Probleme ausfindig zu machen?«

»Sicher. Du glaubst doch nicht, dass sie etwas mit dem Verschwinden von Lara zu tun haben?«

»Ehrlich gesagt, weiß ich das nicht.«

»Ich stelle bei Euch eine Routineanfrage, es gibt Beratungen mit Eurer Chefetage und zack tauchen zwei der Entwickler hier auf. Was weißt du darüber?«

»Ich schwöre, ich habe nicht die geringste Ahnung. Für mich kam das absolut überraschend. Ich habe zunächst gedacht ...«

Luca Linden unterbrach seinen Satz und schüttelte den Kopf.

»Was hast du gedacht?«

»Das der Konzern sich bei der Polizei anbiedern will. So etwas ist immer nützlich für die. Könnte doch sein, dass sie neben dem Spiel eine Suchsoftware für die Behörden entwickeln. Ich meine ein Programm, mit dem man interaktiv solch eine Suche nach Verschwunden optimieren kann.«

»Das müsste ich wissen. Becker trau ich das zu, aber der hat im Moment anderes zu tun. Kann mir nicht vorstellen, dass er Kontakt mit Eurem Konzern hatte.«

»Und was hast du jetzt vor?«

Gabriel dachte daran, was der Tanzlehrer ihm gesagt hatte. Seine Tochter würde alles daran setzen, um Seminare oder Workshops für Influencer zu besuchen. Das sei ihr großes Berufsziel. Schick angezogen, top geschminkt und mit einem Lächeln möglichst Hunderttausende oder Millionen von Menschen zu erreichen.

Luca Linden sah ihn neugierig an.

»Könntest du deine Truppe bitten, mir alle Anbieter von Coachingseminaren und entsprechende Workshops herauszusuchen, die auf Kreta stattfinden und sich irgendwie ums Influencen drehen?«

»Klar«, sagte Linden. »Ein klarer Auftrag wird denen guttun.«

»Und noch etwas ... und bitte ganz ehrlich!«

»Ja?«

»Benutzen sie Mutter für irgendwelche Psychospielchen? Irgendetwas, was den Hund nervös machen könnte?«

Luca Linden hob die Finger zum Schwur und sagte: »Nein. Das einzige Verbrechen, dessen sie sich schuldig gemacht haben: Sie kraulen Mutter. Und die scheint das zu genießen.«

Gabriel erhob sich von der Couch.

»Ich brauche die Liste mit Coachinganbietern heute noch. Sie sollen europaweit nach diesen Anbietern suchen. Wichtig ist, dass derartige Seminare auf Kreta stattfinden.«

10.

Gabriel bereitete gerade einen Espresso, als Sandra und Sophia den Raum betraten.

»Na, Chef? Sie haben nach uns verlangt?«

»Sagt mal, wärt Ihr gerne Influencerinnen?«, fragte Gabriel.

Beide schüttelten den Kopf.

»Zu hohl das Ganze«, sagte Sophia. »Obwohl, eine Freundin verdient einen Haufen Geld damit.«

»Und was influenct sie so?«, fragte Gabriel.

»Das passende Make-up für Olivenhaut.«

»Was soll das sein?«, fragte Gabriel.

»Na für junge Frauen und Männer, die eher einen südländischen Teint haben. Das ist komplett anders als für helle Hauttypen.«

»Und damit verdient man Geld?«

»Sie stellt jeden Tag ein neues Video ein, lässt sich permanent bei allem filmen, was sie so tagsüber macht, schneidet das mit zwei Mitarbeitern zusammen, die dann losfahren und ständig neue

Outfits besorgen.«

»Man muss sich immer wieder verändern?«

»Den Leihservice bieten Boutiquen und Markenhersteller umsonst an. Wichtig: Der Name muss im Video erwähnt und auch in den Nachspann aufgenommen werden.«

»Und ihr muss jeden Tag etwas Neues einfallen, über das sie herumplaudert?«

»Klar, sie breitet alles aus ihrem Leben aus. Berichtet von ihren Freundinnen, ihren Clubbesuchen, sie erzählt, mit wem sie geflirtet hat und wie das ausgegangen ist. Worüber sie sich mit ihrer Mutter zofft ... das muss alles authentisch sein.«

»Was für ein Scheißjob«, sagte Gabriel. »Die Nerds drüben im Spielhaus sind ebenfalls dran, aber ich möchte auch Euch bitten, nach Influencer-Seminaren hier auf Kreta zu suchen. Auch alle Nebenbereiche, also richtig posieren, perfekt schminken und all das Zeug.«

»Da wird es nicht so viel geben. Wären wir jetzt in London oder auf Ibiza ...«

»Habt ihr euch das früher angesehen?«

»Sicher«, sagte Sandra. »Als junges Mädchen bist du verunsichert. Ist meine Figur ok? Ist mein Busen zu klein oder mein Hintern zu dick? Sind meine Lippen zu schmal? Kommt mein Lächeln gut zur Geltung? Welche Frisur brauche ich für welche Gelegenheit? Außergewöhnliche Schminktipps.«

»Machen das nicht mehr die Mütter? Oder die Freundinnen?«

Sandra und Sophia warfen Gabriel einen mitleidsvollen Blick zu.

»Seht nach, was Ihr findet. Ich gehe jetzt schwimmen. Wo steckt die verdammte Hündin denn wieder? Die hat Bewegung dringend nötig.«

Gabriel lief die Stufen zum Strand hinunter. Auf dem 50 Meter breiten Sandstreifen standen Liegestühle. An den Stangen, die die Sonnenschirme hielten, waren Schilder befestigt, die die kostenlose Benutzung versprachen, wenn man ein Getränk bestellte.

Gabriel breitete sein Badetuch aus, während Mutter zur Wasserlinie tobte, einen Meter weit hineinsprang und dann, sich die Nässe abschüttelnd, wieder zu ihm lief und seinen Liegestuhl umrundete.

Nein, er war hier nicht im Badeurlaub, aber er brauchte ab und zu etwas Abstand, um klare Gedanken zu fassen. Die Villa war zwar äußerst geräumig, doch selbstverständlich lief man sich dauernd über den Weg.

Beim Kellner, der fünf Minuten später an seinem Liegestuhl auftauchte, bestellte er ein Bier. Als der junge Mann zurückkam, balancierte er auch eine Schale mit Wasser und stellte sie neben Mutter, die im Schatten seines Liegestuhls lag.

»Vielen Dank!«, sagte Gabriel, der sich ärgerte, dass er nicht selbst daran gedacht hatte. Wo war er nur mit seinen Gedanken? Schon bei ihrem Tatortbesuch in Kissamos hatte er Mutter in der Sonne schmoren lassen. Klar, es waren nur wenige Minuten gewesen, aber das ging auf keinen Fall!

Die Abendsonne färbte den Bergvorsprung neben ihm in rotes Licht. Am Strand sammelten die Touristen ihre Sachen zusammen, während junge Einheimische das Terrain eroberten. Sie nutzten den Beginn ihres Feierabends für eine Erfrischung im Meer.

Mutter beobachtete das Treiben am Strand, gähnte und trottete dann in Richtung der Bar. Wenige Mutter später kehrte sie zurück und legte ihren Kopf dann auf die Vorderpfoten. Plötzlich knackte es und Gabriel fuhr hoch.

»Wo, verdammt, bekommst du die Leckerlis her? Es kann doch nicht sein, dass jeder Grieche das Zeug in der Tasche ...«

Gabriels Handy klingelte. Von Steeken war dran, der Kieler Gerichtsmediziner. Ein alter Freund des Kommissars.

»Gabriel, ich habe schlechte Laune. Nur, dass Sie das gleich wissen. Ich bin neidisch, Herrgott nochmal. Teuflisch neidisch.«

»Neidisch?«

»Sie sitzen schon wieder im Süden und ich schaue den Tiefs hinterher.«

»Irgendwo wird's schon wieder hell, von Steeken. Sie müssen nur genau hinsehen.«

»Und dann muss ich mir auch noch blöde Sprüche anhören. Aber zur Sache. Ich habe mir die Fundortaufnahmen der griechischen Kollegen angesehen, die Sandra mir geschickt hat.«

»Und?«

»Der Mann hat zweifellos eine Botschaft. Und er versucht die Tattoos mit Schwung herauszuschneiden.«

»Was soll das heißen?«

»Er zelebriert seine Tat. Er füllt kein vorgegebenes Puzzle aus, er vollzieht große Bögen in der Haut. Das erfordert scharfes Werkzeug und eine besondere Handhaltung.«

»Also kein Ex-Chirurg, der sich über den Körper beugt und akribisch vorgeht.«

»Eher nicht. Eher ein Künstler mit einem groben Pinselschwung, nur dass er eben keinen Pinsel in der Hand hält, sondern ein Skalpell oder ein äußerst scharfes Messer.«

»Will er mit den Hautfetzen etwas Neues gestalten? So wie in Schweigen der Lämmer, als es um ein Kleid ging?«

»Schwer zu sagen. Zumindest trägt er eine Sammlung zusammen. Was er damit vorhat, keine Ahnung.«

»Es gibt kaum Würgemale am Hals, weil er eine Plastiktüte benutzt hat, um seine Opfer zu töten. Die Forensiker haben Plastikreste gefunden.«

»Gut möglich, dass er ihnen beim Sterben zusehen will. Oder aber ...«

»Ja?«

»Er will, dass sie ihn sehen. Jedenfalls empfindet er keine Scham über seine Taten. Vielleicht sieht er sich als eine Art Heilsbringer, also jemand, der die jungen Frauen auf den rechten Pfad führt.«

»Genau das macht ihn so gefährlich«, sagte Gabriel. »Sollte es so sein, wird er weitermachen. Schon wegen der Aufmerksamkeit, die er erzeugt.«

»Ok, ich nehme das mit meinem Neid zurück. Ist doch kein so leichter Job, den Sie da haben.«

»Dabei jage ich den Mann nicht einmal«, sagte Gabriel. »Es geht um Beckers verschwundene Tochter. Ich glaube nicht, dass er sie hat.«

»Warum nicht?«

»Ihr Typus passt nicht so recht. Sie wäre das jüngste Opfer, und vor allem ...«

»Ja?«

»Du kennst ja Becker. Ich wäre auch abgehauen.«

Von Steeken pfiff durch die Zähne.

»Wie ich dich kenne, wirst du ihm das unter die Nase reiben.«

»Das erledigt schon Beckers Frau, da mache ich mir keine Sorgen, dass er das nicht mitkriegt.«

»Und wie kommst du voran?«

»Ich hab eine Idee. Aber mit der kann ich erst morgen weitermachen.«

»Sag Bescheid, wenn ich vorbeikommen soll. Ich kündige liebend gern meinen Job hier in Kiel. Was denn für eine Idee?«

»Wir stochern doch nur herum. Glaubst du wirklich, dass wir so weiterkommen?«, sagte Sophie.

Sandra sah vom Computerschirm hoch.

»Bis jetzt hatte der Chef immer einen Plan in der Hinterhand.«

»Und wenn Lara doch in die Hände dieses Serienkillers geraten ist?«

»Er meint, dazu hätte der Täter sein Vorgehen und seine Zielpersonen ändern müssen. Das kommt zwar vor, aber er glaubt nicht daran.«

»Und wieso fixiert er sich plötzlich auf die Coaching-Szene?«

»Frag ihn doch mal«, sagte Sandra. »So grummelig wie er tut, ist er meistens nicht.«

»Wie beruhigend«, sagte Sophia. »Was ist das eigentlich für ein Problem mit Eurem Vorgesetzten?«

»Was meinst du?«

»Becker, der Vater von dem vermissten Mädchen. Die Telefonate hören sich nicht so an, als würde Gabriel ihn als Chef akzeptieren. Hat er was gegen ihn in der Hand?«

Sandra lachte auf.

»Besser«, sagte sie. »Unser Hauptkommissar Wolf Gabriel ist in den Archivkeller strafversetzt. Kein Scherz: Wir sitzen in Hamburg in einem Keller. Da kann es nicht schlimmer kommen. Warum sollte er Becker in den Hintern kriechen? ›Ist der Ruf erstmal ruiniert, lebt es sich ganz ungeniert‹, sagen wir in Deutschland.«

»Und weswegen strafversetzt?«

»Es gab da einen Korruptionsverdacht, den er nicht völlig ausräumen konnte. Oder wollte. So genau weiß ich das nicht.«

Sophia nickte und deutete auf ihren Bildschirm.

»Glaubst du, das könnte was sein?«

Sophia schob ihr Notebook so über den Schreibtisch, dass Sandra den Bildschirm sehen konnte.

»Du willst was bewegen in Deinem Leben? – Warte nicht, bis alle anderen Dich überholt haben!«, stand da in breiten Lettern.

Angeboten wurden Coachings zum Starten und Verbessern eigener Webauftritte. »Persönliche Betreuung in fokussierter Achtsamkeit«, wurde versprochen. Die Seminare dauerten in der Regel zehn Tage, alle notwendigen Arbeitsmittel würden gestellt und fanden in Englisch und Deutsch statt.

»Ich glaube, so etwas sucht der Chef«, sagte Sandra.

Sophias Handy klingelte. Sie nahm das Gespräch an und ging auf die Terrasse.

Klar verrannte sich Gabriel schon mal in seine Theorien, dachte Sandra. Aber genau genommen hatten sie diesmal nur einen Haufen vager Ansätze. Auch von den Informatikern um Luca Linden war bis jetzt nichts Brauchbares gekommen.

Sophia betrat das Zimmer. Sandra bemerkte sofort ihre blasse Gesichtsfarbe.

»Er macht weiter«, sagte sie. »Sie haben in der Nähe von Mochlos ein junges Mädchen gefunden.«

»Oh Gott! Ist es Lara?«

»Sie ist noch nicht identifiziert, aber sie ist jung. Laras Alter.«

»Scheiße«, sagte Sandra. »Ich rufe den Chef an!«

Leon van Kracht versuchte mit einer App, die per Kamera und Texterkennung arbeitete, den Zeitungsartikel zu übersetzen. Er saß im Hafen von Chania auf einer Mauer. Touristengruppen bevölkerten die Straßencafés und Souvenirläden.

Hier würde er es kaum wagen, ihn anzugreifen. Nein, so dumm war er nicht.

Im Artikel waren nahezu alle Provokationen aufgelistet, die er im Beisein des Redakteurs losgelassen hatte. Auch sein Bild prangte handflächengroß neben dem Text.

Er rief seine Agentur in Lüttich an und verlangte den Einsatzleiter.

Ohne Vorgeplänkel kam der gleich zur Sache.

»Na, machen Sie schon Fortschritte?«

»Unbedingt. Die örtliche Zeitung spielt mit und eigentlich muss er reagieren.«

»Und was, wenn nicht? Vielleicht kann der Psycho gar nicht lesen. Oder ihn interessiert nicht, was ein ehemaliger FBI-Agent von sich gibt.«

»Das ist ein Mann mit einer Botschaft. Der lässt sich nicht beleidigen. Aber er braucht eben seine Zeit.«

»Das heißt, Sie sitzen da herum und warten ab?«

»Sicher nicht.«

»Was ist mit der Suche nach dem Mädchen? Dafür werden wir schließlich bezahlt. Gibt es etwas, dass ich dem Auftraggeber mitteilen könnte?«

»Ich habe einen wichtigen Ansatz. Ich glaube nicht, dass ich länger als vier Tage brauche, um sie aufzuspüren.«

»Aber dieser Hamburger Polizist, der da bei Euch ermittelt, glaubt nicht, dass der Serienmörder sie in seiner Hand hat. Warum eigentlich?«

»Nennen Sie es Gefühl«, sagte Leon van Kracht. »Außerdem passt Beckers Tochter nicht in sein Opferprofil. Wenn ich sie gefunden habe …«

»Geben Sie als Erstes *mir* Bescheid. Wir entscheiden dann gemeinsam, wann wir sie dem leidenden Vater in die Arme legen. Und nicht vergessen, das Mädchen ist volljährig und entscheidet selbst, ob sie sofort zurück nach Hamburg will. Eine Pressemitteilung bereiten wir von Lüttich aus vor.«

»Schon klar.«

11.

Sophia parkte den Wagen neben einer am Hang liegenden Taverne. Das große Vordach war mit Reet gedeckt und stand vorne auf kräftigen Holzstützen. Vor dem Gebäude und dem dortigen Strandabschnitt glitzerte das Meer.

Gabriel suchte einen schattigen Platz und band Mutter dann an einer Palme fest, deren Stamm durch das Reetdach ins Freie ragte.

Ein Frau mit Küchenschürze bedeutete ihm mit einer Handbewegung, dass er gern Platz nehmen könne. Dann sah sie mit ernster Miene zum Strand, wo mehrere Polizeiwagen um ein Zelt parkten.

Sophia ging zu einem der Polizisten, zeigte ihren Ausweis, deutete auf Sandra und Gabriel und sagte etwas zu ihrem Kollegen. Der nickte stumm, dann winkte sie die beiden heran.

»Diesmal hat er ein Zelt benutzt, dass hier seit drei Tagen steht. Ob er es selbst aufgebaut hat, wissen wir nicht.«

Als Gabriel vor den Eingang trat, mahnte ihn ein

Forensiker in einem hellen Plastikoverall mit deutlichen Gesten, das er zwar hineinblicken, das Zelt aber nicht betreten solle.

Wieder lag das Opfer auf einer Luftmatratze. Friedlich, als hätte sie sich zum Ausruhen nur kurz hingelegt. Die Decke, mit der der Täter ihren Leichnam bedeckt hatte, war zurückgeschlagen und zeigte ihren Oberkörper. Sie trug ein dunkles, kurzärmeliges T-Shirt. Ihren rechten Arm hatte der Täter nahezu vollständig gehäutet.

Sandra neben ihm kämpfte mit einem Würgereiz.

Gabriel zog das Foto von Lara aus seiner Jackentasche und hielt es Sandra entgegen.

»Auf den Fotos hatte sie keine Tätowierung am rechten Arm.«

»Und das Gesicht?«

»Schlecht zu sagen, wir müssten dichter ran.«

Gabriel gab dem Forensiker, der mit einem Fuß im Zelt stand, sein Handy und bedeutete ihm, ein Foto vom Gesicht der Toten zu machen.

Als sie zehn Minuten später auf die Tavernenterrasse traten, stand vor Mutter eine Schale mit Wasser und eine weitere Schale, die sie sogar ausgeleckt haben musste. Genüsslich fuhr sich die Labradorhündin mit der Zunge über die Schnauze.

Gabriel sah zu der Frau am Tresen, die ihm fröhlich zuwinkte, setzte zu einem Protest an, ließ es dann aber und setzte sich.

»Lass mal riechen«, sagte er und beugte sich zu

Mutter hinunter.

Als er wieder hochkam, sagte er: »Lammbraten. Wahrscheinlich mit Soße.«

Sie bestellten Getränke, und Gabriel sah in die Runde.

»Und? Was ist Euch aufgefallen?«

»Auf die Entfernung?«, fragte Sophia.

»Alles wie gehabt«, sagte Sandra. »Die Kleidung war ordentlich zusammengelegt, die Haltung wie die einer Schlafenden, die Lider geschlossen. Und wieder präsentiert er sein Opfer in aller Öffentlichkeit.«

»Ein Detail habt ihr vergessen«, sagte Gabriel.

»Ah«, sagte Sandra. »Jetzt spricht Professor Gabriel«

Der warf ihr einen scharfen Blick zu und sagte: »Das Loch, das er oben aus der Zeltplane geschnitten hat.«

»Das könnte schon dagewesen sein.«

Gabriel schüttelte den Kopf.

»Alte Löcher in Zeltplanen sind oft durch den Wind ausgefranst. Dies hier sah aus, als wäre es frisch hineingeschnitten. Beim richtigen Stand der Sonne dürfte ein Strahl über ihr Gesicht wandern.«

»Und was bedeutet das?«, fragte Sandra.

»Ich fürchte, nichts Gutes.«

»Und er hat zum ersten Mal einen kompletten Arm gehäutet«, ergänzte Sophia.

Sandra nickte und sagte: »Lara ist es nicht. Sie hat ein Tattoo am Fußknöchel.«

Gabriel rief auf seinem Handy die Fotos auf, die der Gerichtsmediziner aus nächster Nähe gemacht hatte.

»Zur Sicherheit kann ich sie ja Becker schicken«, sagte Gabriel.

»Auf keinen Fall«, protestierte Sandra. »Das hat selbst er nicht verdient.«

»Sophia, versuchen Sie bitte möglichst aktuelle Fotos von den bisherigen Opfern zu beschaffen. Ich muss wissen, welche Frisur sie trugen und ich brauche Fotos von ihrer Kleidung.«

»Und wieso …«

»Weil manche Täter den gleichen Typ Frau bevorzugen. Versuchen Sie es einfach. Was ist mit den Coaching-Angeboten auf Kreta? Influencer-Fortbildung und so?«, fragte Gabriel.

»Das ist eher dünn«, sagte Sandra. »Lindens Informatiker haben im Wesentlichen die gleichen Anbieter gefunden wie wir. Aber es kann sein, dass es Gruppen gibt, die einfach Hotelzimmer oder Häuser buchen und anreisen.«

Plötzlich gab es eine kleine Erschütterung am Tisch. Gabriel blickte hinunter und sah zu Mutter, die im Schlaf mit den Vorderläufen zuckte.

»Woher kommt nur diese Unruhe?«, murmelte Gabriel.

»Unruhe?«, wiederholte Sandra. »Meistens ist sie doch entspannt.«

»Sie schläft zu wenig«, sagte Gabriel. »Sie hat Augenringe.«

»Bitte, was? Augenringe? Das geht bei Hunden

doch gar nicht«, protestierte Sandra.

»Und weshalb geht das nicht?«, fragte Gabriel.

»Was weiß ich? Weil man Augenringe auf dem Fell nicht sieht, zum Beispiel.«

»Ich sehe Augenringe! Die hängt zu oft bei Lindens Nerds im Gartenhaus herum. Das macht Mutter vollkommen kirre.«

»Sie können sie ja wegsperren. Aber da dürfen Sie sich nicht wundern, wenn sie die ganze Nacht lang jault. Sie ist gern in Gesellschaft.«

»Vielleicht ist sie nicht so gern mit mir zusammen. Weil sie bei den Nerds ständig Leckerlis bekommt. Und die ihre Psychospielchen mit ihr spielen. Dabei tut ihr ein wenig Langeweile ganz gut.«

»So ein geselliger Hund wie Mutter will beschäftigt werden«, sagte Sandra. »Hunde brauchen Zuwendung.«

»Sie tun so, als hätte ich das arme Tier total vernachlässigt. Bis auf die Unruhe geht's ihr bestens!«

Sophia hatte stumm das Gespräch verfolgt und hob jetzt genervt beide Hände.

»Also ich werde jetzt in meine Dienststelle fahren, mich um die Fotos der Opfer und ihrer Kleidung kümmern. Keine Ahnung, ob die Forensiker das herausrücken. Das Auto könnt Ihr benutzen, mich nimmt ein Kollege mit nach Iraklion.«

»Gute Idee«, brummte Gabriel. »Sandra reicht mir schon als Hundeversteherin.«

Sophia erhob sich von ihrem Stuhl, streichelte über den Kopf des Labradors und ging hinüber zu ihren Kollegen.

Mutter sah ihr traurig nach, machte dann ein paar Schritte zur Terrassenabgrenzung und blickte auf das Zelt, in dessen Inneren die Forensiker arbeiteten.

»Vielleicht sind es ihr zu viele Tote«, sagte Sandra. »So eine Hündin riecht das.«

»Könnte ich gut verstehen«, sagte Gabriel. »Geht mir genauso. Und das, obwohl ich gar nicht so gut riechen kann.«

Gabriels Handy klingelt und Mutter drehte neugierig den Kopf.

»Genau das meine ich. Sie ist hypersensibel ... ja, hallo?«

»Luca Linden hier. Ich habe Neuigkeiten.«

»Bitte sag, dass es gute Neuigkeiten sind. Bringen sie uns weiter?«

»Keine Ahnung. Die Jungs haben diesen Coaching-Anbieter genauer unter die Lupe genommen.«

»Und?«

»Geschäftsführer ist ein Andreas Curtius. Ein Deutscher, der seit ein paar Jahren hauptsächlich auf Kreta lebt. War Fitnesstrainer, hatte eine PR-Agentur und veranstaltet jetzt diese Coachings.«

»Ist denn etwas verdächtig an dem Mann?«

»Es gibt eine Vorstrafe wegen sexueller Belästigung. Was für ihn spricht: Er sieht nicht so aus, als hätte er das nötig.«

»Er sieht also gut aus?«

»Braun gebrannt, athletisch. So eine Art gepflegter Hippie, der seine Gitarre gegen einen Golfschläger eingetauscht hat.«

»Interessant auch für junge Frauen?«

»Ich bin kein Dating-Profi, aber es würde mich nicht wundern.«

»Ich seh ihn mir an. Irgendeine Spur von dem Mädchen? Sie muss doch endlich Geld abholen, sich in ihre Mailbox einloggen, ein Auto mieten oder sonst etwas.«

»Nichts. Allerdings sind die beiden schwer beschäftigt mit der virtuellen Schnitzeljagd über die Insel. Die Chefetage macht Druck. Angeblich steht ein großer Reisekonzern in den Startlöchern und ist bereit, Geld in das Projekt zu investieren.«

Sandra steuerte den Pick-up vorbei an schroffen Felsformationen. Vereinzelt knabberten Ziegen an den braunen Gräsern und sahen ihnen kauend nach. Gabriel öffnete sein Fenster und zog tief die Luft ein, die nach Oregano und Seeluft roch.

»Chef, haben wir denn schon Hinweise, dass Lara sich als Influencerin betätigen wollte? Oder ist das nur eine Vermutung?«

»Es ist ein intelligenter Versuch«, sagte Gabriel. »Lara ist ein Mädchen, das etwas zu sagen hat. Die Umwelt liegt ihr am Herzen.«

»Sie meinen, sie will mit ihrer Botschaft viele Leute erreichen?«

»Liegt doch nahe. Einen Wellness-Urlaub macht die eher nicht.«

»Und einfach nur aussteigen aus dem Einerlei? Selbstfindung und so?«

»Die Abteilung ist als Nächstes dran. Was ist Ihnen durch den Kopf gegeistert, als sie mit der Schule fertig waren?«

»Konzerte. Ich hab möglichst viele Festivals besucht.«

»Und sonst?«

»Rätselraten. Ich hatte keine Ahnung, was ich beruflich machen sollte. Also hab ich Praktika absolviert. Hier mal einen Monat, da mal zwei.«

»Und was genau?«

»In einer Bio-Bäckerei, bei einem Modellbauer, weil ich gern mit Holz arbeite und als Bühnenbauerin. Na ja, als Gehilfin. Und ich hab bei einer Eventagentur Veranstaltungen mitorganisiert.«

»Und dann landen Sie ausgerechnet bei der Polizei?«

»Der Modellbauer litt unter Auftragsmangel, beim Theater wurde total beschissen bezahlt und bei der Eventagentur gab es einen ziemlich fantasievollen Umgang mit den Geldern. Ich hab dann eher aus Versehen ein paar Schnupperwochen bei der Polizei machen können. Das war abwechslungsreich, und ich hatte mit Menschen zu tun. So eine Mischung aus Schreibtisch, Gesprächen und helfen können. Passte gut.«

Gabriel nickte und sah hinaus. Sie fuhren durch ein Dorf, das bis auf einen Bauern, der vor seinem streikenden Traktor stand, menschenleer wirkte. Jetzt um die Mittagszeit hatte man sich in die Häuser zurückgezogen, machte einen Mittagsschlaf oder beschäftigte sich mit dem Zubereiten von

Essen oder anderen Arbeiten, die im Haus anfielen.

In die Taverne am Ende des Dorfes hatten sich zwei betagte Besucher an einem Tisch zusammengefunden. Gestützt auf gedrehten Gehstöcken musterten sie die Insassen des an ihnen vorbeifahrenden Wagens.

Zumindest sorgen wir für Abwechslung, dachte Gabriel. Warum meldete sich das Mädchen nicht? Funkstille zu den nervenden Eltern war ja schön und gut, aber so viele Tage? Wollte Lara sie für etwas bestrafen? Es ihnen ordentlich zeigen? Hatte es einen Streit gegeben, von dem weder Becker noch seine Frau Carla etwas gesagt hatten?

Nach zehn Minuten sahen sie die ersten Kuppeln der Kirchen, die das Bild des Bergdorfes Spili bestimmten.

»Die Coaching-Agentur soll neben dem Bischofssitz sein«, sagte Sandra. »Sie erinnern sich, Chef? Hier waren wir schon mal.«

»Hier gibt es einen Brunnen mit dem besten Wasser, das ich je getrunken habe. Das vergisst man nicht. Und dann die sauerstoffreiche Luft …«

Gabriel drehte sich auf den Rücksitz um.

»Na, was ist, Mutter? Hast du Durst?«

Der Labrador rappelte sich hoch, legte seinen Kopf auf die Rückenlehne des Vordersitzes und ließ sich von Gabriel kraulen. Da sollte nochmal jemand behaupten, er würde dem Hund keine Zuneigung zukommen lassen.

Nachdem Sandra den Wagen auf einem Parkplatz neben einem Geschäft für heimische Produkte geparkt hatte, schlenderten sie hinüber zu dem mit Löwenköpfen verzierten Brunnen.

Gabriel nahm den Untersetzer eines Blumentopfes von einem Cafétisch, füllte ihn mit dem Wasser, das aus der umfriedeten Quelle schoss und stellte ihn neben den Tisch. Sie bestellten Kaffee und bekamen zunächst einmal ein Glas Wasser.

»Vielleicht sollten wir uns als Journalisten vorstellen, die einen Artikel über das Coaching-Camp schreiben«, sagte Sandra. »Wenn wir sagen, dass wir Polizisten sind, machen die doch gleich zu.«

»Könnte Ihnen allerdings auch Respekt einflössen. Niemand, der im Ausland arbeitet, will Ärger mit der Polizei.«

»Warum probieren wir nicht beides?«, sagte Sandra. »Sie marschieren da als Polizist rein und ich versuche später mein Glück, indem ich mich als potentielle Teilnehmerin ausgebe, die sich nur mal informieren will.«

Gabriel nippte an seinem griechischen Kaffee und nickte.

Eine halbe Stunde später standen Gabriel und Mutter neben einer Kirche samt Glockenturm, die laut einem am Portal angebrachten Infoschildchen Agios Raphael hieß. Sie gehörte zu einem der hier beheimateten Klöster.

Gabriel rief auf seinem Handy die Internetseite der Coachingfirma auf und fand eine Skizze, die ihn um das Gebäude herum in einen Seitenweg führte. Die Räumlichkeiten wurden früher sicher von der griechisch-orthodoxen Kirche genutzt, dachte er.

Gabriel trat durch einen Torbogen und stand in einem Innenraum, in dem ein Brunnen vor sich hinplätscherte. Auf Marmorblöcken daneben standen kupferne Becher und durch Steinrinnen floss das Wasser zu Rosmarin-Büschen, Bäumen und Palmen.

Durch eine Glastür entdeckte er einen Mann, der hinter einer Art Tresen saß. Die Wand hinter ihm war voller Übersichtspläne mit bunten Markierungen.

Gabriel trat ein und stellte sich an den Tresen.

»One Moment, please«, sagte der Mann, der nur kurz den Kopf hob, um dann wieder auf seinen Computerbildschirm zu blicken.

Er schob eine gegelte, dunkelbraune Strähne zurück hinter das Ohr und fuhr sich über das glattrasierte Kinn.

Im Vorraum standen zwei Tische, die mit altertümlichen Sesseln umstellt waren. Darauf lagen weiße Bögen zum Ausfüllen.

»Entschuldigung«, sagte der junge Mann. »Wie kann ich Ihnen helfen?«

Gabriel antwortete nicht, sondern kramte umständlich in seiner Jackentasche, zog seinen Hamburger Dienstausweis heraus und legte ihn auf den Tresen.

Als er hinuntersah, traute er seinen Augen nicht. Mutter trottete mir nichts, dir nichts mit wedelndem Schwanz um den Tresen.

»Du bist aber ein schöner Hund«, sagte der Mann und ging in die Knie.

Das ist ungerecht, dachte Gabriel. Er selbst versuchte, sich hier Respekt zu verschaffen und Mutter schleimte sich ein. Seit wann wedelte sie bei Fremden mit dem Schwanz? Wollte sie ihm damit eins auswischen?

»Haben Sie Koteletts in der Tasche?«, fragte Gabriel den Mann, der erstaunt hochsah.

Er lächelte und sagte: »Ich kann gut mit Hunden.«

Als er wieder aufrecht stand, sah er auf den Dienstausweis.

»Die Hamburger Polizei?«, fragte er.

»Höchstpersönlich. Ich bin doch hier bei der Coachingagentur ›Me Myself Media Moon‹ gelandet?«

»Klar«, sagte der junge Mann. »Wenn Sie zur orthodoxen Kirche wollen, müssen Sie eine Tür weiter. Suchen Sie jemanden?«

Gabriel schlitzte die Augen.

»Wie kommen Sie darauf?«

»Hatten wir schon mal. Da hat die griechische Polizei eine minderjährige Touristin gesucht.«

»Und auch gefunden?«, fragte Gabriel.

»Ja. Seitdem akzeptieren wir nur Teilnehmer ab 18 Jahren und kontrollieren das genau. Eigentlich schade, denn viele Interessenten sind deutlich jünger.«

»Sie könnten eine elterliche Einverständniserklärung akzeptieren.«

Der Mann schüttelte den Kopf.

»Das gibt nur Schwierigkeiten. Wir können die Teilnehmer hier nicht auf Schritt und Tritt daraufhin überwachen, ob sie Alkohol trinken oder Sex miteinander haben. Das ist uns zu heikel. Womit kann ich helfen? Suchen Sie Ihre Tochter?«

»Ne, aber Ihren Chef.«

»Andreas?«

»... Curtius. Genau.«

Der Mann drehte sich zu dem Übersichtsplan um und fuhr mit dem Finger über die Termine.

»Da haben wir ihn«, sagte er. »Die machen gerade ein Beach-Shooting, müssten aber gleich wieder da sein.«

»Rufen Sie ihn bitte an«, forderte Gabriel ihn auf. »Und Sie heißen?«

Das Lächeln des jungen Mannes wurde eine Spur schmaler.

»Kempter. Chris Kempter.«

»Gut, Herr Kempter. Sehen Sie in Ihren Teilnehmerunterlagen nach, ob Sie den Namen ›Lara Becker‹ finden.«

Gabriel erwartete, dass das mit dem Hinweis auf den Datenschutz verweigert werden würde, doch Kempter gab sofort den Namen in den Computer ein und schüttelte bedauernd den Kopf.

»Ist hier nicht vermerkt. Und da wir die Ausweise wegen des Alters kontrollieren, kann sie sich nicht mit falschem Namen angemeldet haben.«

»Dann zu Ihrem Herrn Curtius. Sagen Sie ihm, dass er hier sehnlichst erwartet wird. Und vergessen Sie nicht zu erwähnen, dass es eilig ist.«

Während Kempter sofort zum Handy griff, setzte sich Gabriel auf einen Sessel und las den auf dem Tisch liegenden Anmeldebogen. Persönliche Daten wurden verlangt und eine Kontoverbindung für die Überweisung des Seminarhonorars.

Darüber hinaus traten die Teilnehmer von Me Myself Media Moon zeitlich beschränkt das Recht am eigenen Bild ab, willigten ein, dass die Agentur Aufnahmen für eigene Werbezwecke nutzen durfte und versicherten, dass sie sich während ihres Aufenthalts in der Agentur an Recht, Gesetz und die allgemeinen Regeln halten würden.

Gabriel zweifelte daran, ob es eine gute Idee war, Sandra hier für ein paar Tage einzuschleusen. Ob Lara hier aufgetaucht war, sich sogar zu einem der Seminare angemeldet hatte, hielt er für zweifelhaft.

Eine Viertelstunde später wurde die Glastür aufgestoßen. Gabriel erkannte Curtius sofort. Sonnengebräuntes Gesicht, weißes T-Shirt, mittellange blonde Haare ... nur der Blick war nicht so selbstbewusst wie auf den Fotos, die er im Internet gefunden hatte.

Nervös blickte er sich um. Kempter, der hinter dem Tresen stand, nickte in Richtung Gabriel, was Curtius mit einem kurzen Heben der Hand bestätigte.

Er trat an seinen Tisch und streckte die Hand aus.

»Andreas Curtius. Die deutsche Polizei? Was

kann ich für Sie tun?«

»Uns helfen«, sagte Gabriel. »Vorausgesetzt, Sie sind bereit dazu.«

»Warum sollte ich das nicht sein?«, sagte Curtius. »Um was geht's denn?«

»Um eine vermisste junge Frau. Eine potentielle Teilnehmerin. Lara Becker.«

»Kein Problem, wir sehen in unserem System nach. Wann soll sie hier gewesen sein?«

»Kann nicht so lange her sein. Und in Ihrem System taucht sie nicht auf, das haben wir schon mit Herrn Kempter geklärt.«

Curtius stand auf, ging zu Tresen und wechselte ein paar Worte mit dem Dunkelhaarigen. Dann verschwand er kurz in einem Nebenraum und kehrte mit zwei Gläsern Wasser zurück, die er auf zwei Aktenordnern balancierte.

Wortlos stellte er eines der Gläser vor Gabriel auf den Tisch und leerte sein eigenes mit einem Zug.

Dann öffnete er die Aktenordner, drehte sie um und schob sie über den Tisch.

»Da sind die Teilnehmerlisten und alle E-Mail-Kontakte, die die Seminare betreffen.«

»So ordentlich und alles ausgedruckt?«, sagte Gabriel

»Wir hatten hier eine Minderjährige, die von der griechischen Polizei gesucht wurde. Seitdem wird alles sauber dokumentiert. Ist kein Spaß, mit der örtlichen Polizei Ärger zu haben.«

»Wie funktioniert das genau bei Ihnen? Ich meine, dieses Influencergeschäft?«

»Da gibt's keine großen Geheimnisse«, sagte Curtius.

»Es geht in dem Geschäft mehr um das Scheinen als um das Sein und vor allem eher um das Bild als das Wort. Und zwar so, dass man sexy für andere aus der Zielgruppe wird. Und darüber viele Follower sammeln kann.«

»Sexy?«

»Im übertragenen Sinn. In unseren Einzelseminaren geht es darum, wie man sich vor der Kamera präsentiert, aus sich eine Marke macht, wie man welche Zielgruppe anspricht. Schminken, Beleuchtung vor der Kamera, Tonfall und dann um den ganzen technischen Kram. Man lernt, sich professionell zu verkaufen.«

»Das klingt ja fast wie Prostitution.«

Andreas Curtius sah Gabriel an, als wüsste er nicht so recht, ob das ein Scherz sein sollte. Er entschied sich, die Bemerkung nicht weiter ernst zu nehmen und rappelte seine Antwort herunter: »Außerdem lernen die Teilnehmer viel über Beleuchtung, Schnitttechniken, Bild-Tonabstimmung, Einpflegen in die sozialen Netze.«

»Nicht zu vergessen das Geschäftliche«, sagte Gabriel.

»Klar, welche Dienstleister organisieren die Klick-Tantiemen, wie spricht man Firmen an, Aufbau der Zielgruppen und Erweiterung der Reichweite.«

»Und das alles bieten Sie an?«

»Wir haben Honorarkräfte, die einzelne Themen

übernehmen und nach Bedarf gebucht werden.«

»Und was sagen die Griechen dazu?«

Andreas Curtius streckte den Rücken durch.

»Die Griechen? Das ist alles angemeldet, wird versteuert und mit einem griechischen Steuerbüro berechnet. Unsauberkeiten können wir uns nicht erlauben.«

»Verstehe. Wie ist das mit der Organisation der Reisen hierher?«

Curtius schüttelte den Kopf.

»Damit haben wir nichts zu tun. Die Teilnehmer reisen auf eigene Kosten an, und wir geben ihnen ein Verzeichnis mit Unterkünften in der näheren Umgebung.«

»Und die Räumlichkeiten hier?«, fragte er und deutete mit einem Blick auf den Durchgang zum Seminarraum.

»Die gehören der Kirche. Das sind Räume des Priesterseminars, die momentan nicht gebraucht werden. Wir mieten die in den Sommermonaten.«

»Melden Ihre Teilnehmer sich immer vorher an, oder stehen die auch einfach so vor der Tür?«

»Die meisten melden sich an. Aber es gibt einige, die verbinden das mit einem Urlaub und erscheinen spontan. Das ist unterschiedlich.«

»Und es sind hauptsächlich junge Frauen, nehme ich an.«

»Ach, das ist durchaus gemischt«, sagte Curtius, der sichtlich nervöser wurde. »Es gibt auch junge Männer, daneben evangelische Pastoren, Priester, die langsam ebenfalls anfangen, das Internet zu nutzen.«

Kempter, der Mitarbeiter von Curtius, trat an den Tisch und sagte: »Ich bin alle Teilnehmerlisten, E-Mail-Anfragen und Anmeldungen zu Infoveranstaltungen durchgegangen. Eine Lara Becker kann ich in unserem System nicht finden. Tut mir leid. Vielleicht gehört sie zu unseren Leichen.«

»Bitte?«

Leon van Kracht hob das Fernglas und beobachtete die Gruppe junger Leute, die sich durch das Geröllfeld kämpfte. Die Entfernung war zu groß, als dass er ein Gesicht hätte erkennen können. Das war schade, aber er musste ein paar Tage die Distanz wahren.

Er durfte jetzt nicht das Risiko eingehen, dass er keine Möglichkeit mehr bekam, den Serienkiller aus seinem Versteck zu locken.

Hier im östlichen Teil Kretas war die Landschaft deutlich rauer und schwacher besiedelt. Hatte man erst einmal die Städte wie Sitia oder Malia hinter sich gelassen, streckten sich immer mehr Anhöhen in den Himmel.

Auch militärische Überwachungsanlagen mit Antennen und Satellitenschüsseln auf den Dächern von bunkerartigen Gebäuden waren auf den Berggipfeln zu erkennen.

Wer auch immer es war, der die Insel in Angst und Schrecken versetzte, hier im offenen Gelände würde er sich nicht trauen, ihn anzugreifen. Allerdings war es durchaus möglich, dass er ihn verfolgte. Doch van Kracht war kein verdächtiges Fahrzeug aufgefallen. Überhaupt war der Verkehr hier im äußersten Osten ausgedünnt. Dabei waren die Straßen bestens ausgebaut, wahrscheinlich wegen der zahlreichen militärischen Anlagen.

Als der Detektiv die Serpentinen hinab zu einem verlassenen Ölhafen fuhr, klingelte sein Telefon. Er ignorierte es und konzentrierte sich weiter auf die Straße.

Er sah sich um, doch es gab einfach keine Möglichkeit, den geliehenen Suzuki-Jeep zu parken. Nach ein paar Minuten stand er vor einem Metallgitter, dass ein Hafengelände absperrte. Einen Ortsnamen oder ein Straßenschild entdeckte er nicht.

Er sah auf sein Handydisplay und erschrak.

Seine Tochter Ria hatte angerufen. Seit wann war ihr Handy nicht mehr für Auslandsgespräche gesperrt? War etwas passiert?

Er drückte auf die Rückwahlnummer. Sie meldete sich sofort.

»Papa, bist du das?«

»Ja, mein Schatz. Was ist los? Weiß Mami, dass du anrufst?«

»Mama weint.«

»Warum das denn? Habt ihr Euch gestritten?«

»Nein, nein.«

»Und warum weint sie?«

»Da hat ein Mann angerufen und der hat gesagt ...«

Das Mädchen schluchzte plötzlich ins Telefon.

»Was hat er gesagt? Langsam, Kleines. Und?«

»Der hat gesagt, dass du tot bist.«

»Aber nein, mein Schatz. Du telefonierst doch mit mir. Wie soll ich da tot sein?«

»Aber man kann auch mit Geistern telefonieren. Bist du es auch ganz wirklich?«

12.

Sandra hatte darauf bestanden, sich bei dem Coaching-Unternehmen noch einmal unter den Teilnehmern umzuhören. Sie wollte sich als Interessentin ausgeben und hören, ob es Schwierigkeiten oder interessanten Klatsch gab. Gegenüber einer Fremden war man aufgeschlossener als gegenüber Konkurrenten. Das glaubte sie jedenfalls.

Gabriel steuerte den Pick-up Richtung Chania. Die Autobahn war zu dieser Nachmittagsstunde gut befahren. Sandra hatte er gebeten, sich in Spili eine Unterkunft zu besorgen. Sie hatte ihn zunächst erstaunt angesehen, dann aber eingewilligt.

Sollte sie sich nur Zeit lassen. Die Distanz würde ihnen beiden guttun. Fehlte noch, dass sie sich wie ein altes Ehepaar aneinander gewöhnten.

»Vielleicht gehört sie zu unseren Leichen«, hörte er noch die Stimme des Mitarbeiters von Curtius in seinem Kopf. Wie sich herausstellte, hatte er damit alle Interessenten gemeint, für die zwar wegen allgemeiner Fragen und Terminabsprachen eine eigene digitale Karteikarte bei der Agentur angelegt worden war. Sie hatten sich dann aber nicht wieder gemeldet. Karteileichen halt.

Gabriel überholte einen farbenfroh lackierten Reisebus, hinter dessen getönten Scheiben die Passagiere nur als Schemen zu erkennen waren. Die Steppe links und rechts der Autobahn hatte einen braunen Farbton angenommen.

Sein Telefon klingelte und zeigte den Namen Luca Linden.

»Gabriel, wo stecken Sie?«

»Brennt unsere schöne Villa?«

»Kann man so sagen. Es ist der größtmögliche anzunehmende Unfall passiert.«

»Und was soll das heißen?«

»Die Liebe«, sagte Linden. »Sehen Sie zu, dass sie schnell zurückkommen. Und Gabriel …«

»Ja?«

»Machen Sie sich auf etwas gefasst.«

Leon van Kracht hatte eine geschlagene halbe Stunde gebraucht, um seine Tochter Ria davon zu überzeugen, dass er wirklich noch am Leben war. Das Mädchen hatte ihm »Testfragen« gestellt. Offensichtlich zweifelte sie ernsthaft daran, dass er ihr lebendiger Vater war. Und nicht nur eine Stimme aus dem Jenseits.

Anschließend hatte er versucht, herauszufinden, ob ihr bei dem Anrufer etwas aufgefallen war.

Doch dessen Stimme sei weder tief noch hoch gewesen. Mehr habe er nicht gesagt und dem Mädchen noch zynisch »Herzliches Beileid« ausgesprochen. Den Geräuschen nach nahm ihr die Mutter das Handy aus der Hand und unterbrach ohne ein Wort das Gespräch.

Handelte es sich um einen üblen Scherz seiner Kollegen? Um eine versteckte Drohung des Serienkillers, den er jagte? Aber wie, zum Henker, war er an die Telefonnummer seiner Familie gekommen? Seine Frau hatte nach der Scheidung wieder ihren Mädchennamen angenommen, und auch ansonsten hatte er peinlich darauf geachtet, dass die Kontaktdaten geheim blieben.

Natürlich machte er sich bei seinen Jobs auch Feinde. Die Familie abzusichern, war eines der Grundprinzipien seiner Arbeit. Oft genug hatte er es mit Leuten zu tun gehabt, die skrupellos alles tun würden, um ihn unter Druck zu setzen. Besonders das organisierte Verbrechen vergaß so schnell nichts.

Er überlegte fieberhaft, ob es nicht eine andere Lösung gab, entschied sich dann jedoch in den für diesen Fall vorgesehenen Alarmmodus umschalten. Er wählte die Nummer der Lütticher Zentrale und bat die Kollegen, seine Familie in einem Wiener Safehouse unterzubringen.

»Bist du absolut sicher, dass es dieser geisteskranke Mörder auf Kreta war?«, fragte der Chef vom Dienst.

»Selbstverständlich nicht, es könnte auch einer

meiner alten Kunden sein.«

»Ich sag dir, was wir machen. Wir stellen 24 Stunden einen Wagen vor die Tür deiner Exfrau und checken mal, ob da jemand auftaucht. Es könnte sein …«

»*Was* könnte sein?«, brüllte van Kracht ins Telefon.

»Na, es gibt diese Schockanrufe. Leute, die andere Leute aus der Fassung bringen, um sie dann zu erpressen.«

»Das macht man doch nicht mit einem Kind!«

»Solche Leute sind zu allem fähig.«

»Aber es gab keine Geldforderung, keine ›Ich-kann-Ihnen-helfen‹-Falle.«

»Du musst dich beruhigen.«

»Beruhigen?«

»Was ist mit dem verschwundenen Mädchen? Bist du da weitergekommen?«

»Ja.«

»Dann schick mir einen vorläufigen Bericht.«

»Bericht? Glaubst du, ich habe jetzt Zeit, Berichte zu schreiben?«

Leon van Kracht unterbrach genervt das Gespräch. Welche Optionen hatte er? Nach Wien fliegen und seine Familie höchstpersönlich in Sicherheit bringen? Und was dann? Wie lange würde seine Exfrau das mitmachen? Und würde er damit nicht unter Umständen den Killer erst in die Nähe seines privaten Umfelds führen?

Plötzlich fiel ihm etwas ein, das ihm am Morgen merkwürdig vorgekommen war. Er hatte dem keine weitere Bedeutung geschenkt, aber jetzt fiel es ihm wie Schuppen von den Augen. Verflucht, wurde er nachlässig? In dieser Situation? Er war doch immer ein Vorbild bei der Eigensicherung gewesen!

13.

Sandra verbrachte den frühen Nachmittag in einem Café direkt an der Quelle von Spili. Sie nutzte die Zeit in der malerischen Umgebung unter Schatten spendenden alten Bäumen, um noch einmal ihre Notizen auf dem Notebook durchzugehen und zu ergänzen.

Eine Gruppe von sechs Mountainbikern stellte ihre Fahrräder an einer Mauer ab. Zwei von ihnen begannen, drei Tische des Cafés zusammenzurücken, während die anderen die Räder untersuchten. Einer von ihnen zog einen Schlüssel aus seiner Umhängetasche und begann damit, an Schrauben der Hinterradaufhängung zu drehen.

Eine junge Kellnerin stellte den neuen Gästen die hier obligatorischen Gläser mit kühlem Wasser auf den Tisch. Die Radler prosteten sich zu und leerten die Gläser in einem Zug. Einer von ihnen zog aus einer Umhängetasche eine Karte, während ein anderer sein Handy daneben legte.

Wie man Spaß daran finden konnte, unter der

heißen griechischen Sonne die Berge rauf und runter zu fahren, war ihr ein Rätsel. Sie überlegte, Sophia anzurufen, um sie nach dem letzten Stand der polizeilichen Ermittlung nach dem Serientäter zu fragen, ließ es aber dann. Sie musste zunächst überlegen, wie sie vorgehen wollte.

Am besten gab sie sich als Interessentin aus, die in einen Kurs hineinschnuppern wollte, bevor sie sich für eine Teilnahme entschied. Aber warum hatte sich Gabriel so in das Thema Influencer verbissen? Hatte er ernst zu nehmende Hinweise, die in diese Richtung deuteten? Und wenn ja, warum behielt er sie für sich?

Nach einer halben Stunde bat Sandra die Kellnerin um die Rechnung, die kurz darauf mit dem Bon, einem Glas Wasser und einem kleinen Kuchenteller erschien. Den müsse sie unbedingt probieren, weil es die Spezialität der Schwiegermutter sei.

Sandra beglich die Rechnung und biss genussvoll in die nach Honig und Pistazien schmeckende Süßspeise.

Wenig später betrat sie den Empfangsraum der Coaching-Agentur Me Myself Media Moon. Hinter dem Tresen blickte ein Mann sie fragend an.

»Ich bin nicht angemeldet«, sagte sie. »Noch nicht.«

»Kein Problem.«

»Ich seh mit meiner Schlabberbluse vielleicht nicht so aus, aber ich betreibe einen kleinen Modeblog«, sagte Sandra.

»Niemand muss ständig in seiner Dienstkleidung herumlaufen«, sagte der Mann verschmitzt. »Der Chef empfiehlt auch eher flippiges Auftreten.«

»Andreas Curtius, richtig? Der Name kommt mir bekannt vor.«

»Kann schon sein«, sagte der Mann, dessen Gesicht plötzlich ausdruckslos war. »Aber zu seinem Lebenslauf musst du ihn schon selbst fragen. Mein Name ist Paolo Sietas. Ich bin hier so etwas wie ein Dauer-Teilnehmer und passe nur auf den Tresen auf.«

»Ich will natürlich meine Reichweite erhöhen und brauche dann die richtigen Kontakte für Werbeverträge«, sagte Sandra.

Paolo nickte.

»Klar, darum geht es ja letztendlich.«

»Stellen Sie passende Kontakte her?«

Er schüttelte den Kopf.

»Das würde niemandem wirklich helfen«, sagte er. »Der Markt und die Anbieter der einzelnen Dienstleistungen verändern sich rasant. Hier wurde eine Unterrichtseinheit integriert, bei der mögliche Wege vorgestellt werden. Welche Agenturen sind seriös, worauf sollte man bei den Verträgen achten, welche Voraussetzungen mitbringen, welche Marktnischen gibt es, wo steigt die Nachfrage nach Werbung über Influencer, wie macht man über die sozialen Medien auf sich aufmerksam? Trifft es das in etwa?«

»Und das alles kann man nicht einzeln buchen?«

Paolo lächelte.

»Keine Ahnung, aber das hätte wenig Zweck. Es geht schließlich immer auch um Technik, um die Art der Selbstdarstellung und besonders wichtig: Die Schaffung von Authentizität. Also wie ich so rüberkomme, dass wildfremde Menschen mir folgen wollen und es wichtig finden, was ich zu sagen habe.«

»Die Kunden der Agentur ...«

»Teilnehmer«, korrigierte Paolo.

»Kommen die hauptsächlich aus dem Bereich Mode und Kosmetik ...?«

Paolo Sietas lachte.

»Also ich bin eigentlich Pfarrer. Die Leute kommen aus ganz unterschiedlichen Bereichen. Eine bunte Mischung. Es gibt natürlich wechselnde Trends.«

»Trends?«, fragte Sandra.

»In letzter Zeit geht es stark um Politik und Naturschutz.«

»Und damit kann man Geld verdienen?«, fragte Sandra.

»Eher nicht. Allerdings kann man die Botschaften, die man verkünden will eben auch mit Produkten verbinden, die man empfiehlt.«

»Wie soll das denn gehen?«, fragte Sandra.

Paolo warf einen nachdenklichen Blick zur Decke und wandte sich dann wieder Sandra zu.

»Tupperware, das kennst du doch? Diese Plastikdosen, die früher vor allem ältere Frauen im Bekanntenkreis oder auf dem Wochenmarkt verkauft haben.«

»Und was haben die mit Politik und Naturschutz zu tun?«

»Sie sind optimal, wenn man in sogenannten Unverpackt-Läden einkauft, also Müll vermeiden will. Wenn man etwa über Umweltschutz im Alltag spricht, warum da nicht gleich ein wenig Werbung treiben?«

Sandra sah in skeptisch an.

»Ist ja für eine gute Sache«, sagte Paolo. »Für mich als Pfarrer ist das nicht wichtig, aber wenn man mit dem Bloggen Geld verdienen will, muss man schon Kompromisse eingehen. Was ist dabei? Wenn man sich nicht die Hände mit Werbung schmutzig machen will, auch in Ordnung. Hat man reiche Eltern, erübrigt sich das ja sowieso.«

»Glauben Sie ...«

»Wir duzen uns hier alle. Wegen der lockeren Atmosphäre.«

»Glaubst du, ich lebe in einer Fantasiewelt?«

»Nein, nein«, sagte Paolo lächelnd. »Aber es kommen eben viele, die die Welt verbessern und nebenbei auch ihren Lebensunterhalt verdienen möchten. So einfach ist das nicht. Da braucht man eine Menge Erfahrung, Ideenreichtum und sicher gute Nerven.«

»Dann gibt es psychologische Betreuung in den Seminaren?«

»So würde ich das nicht nennen. Aber klar, es werden Tipps gegeben, was man in Krisensituationen unternehmen kann. Mit diesen Schwankungen hat jeder zu kämpfen.«

»Auch du, als Geistlicher?«

Paolo Sietas lachte.

»Noch bin ich Theologiestudent. Aber ja, stimmt.«

»Gottesmänner als Influencer?«, fragte Sandra.

»Warum denn nicht? Bevor wir uns um unsere Schäfchen kümmern können, müssen wir sie ja erst einmal um uns versammeln. Die Kirchen stellen sich auf die neuen Zeiten ein. Im Grunde genommen war ja auch Jesus ein Influencer. Nur, dass er eben keinen Computer hatte.«

»Er hat sich auf seine Jünger verlassen«, sagte Sandra.

Paolo Sietas nickte.

»Hätte er angefangen, Bücher zu schreiben, wäre das Fangen der Seelen zu langsam gegangen. Mündliche Weitergabe ist deutlich schneller.«

»Könnte ich mich mit jemanden aus dem Bereich Mode unterhalten?«, fragte Sandra.

»Ich sage dir, in welcher Taverne sich viele Teilnehmer treffen, und du fängst mit dieser Info an, was immer du willst. Nur darfst du mich nicht bei den Chefs verraten.«

»So vorsichtig?«, fragte Sandra. »Wie passt das zur gepriesenen Lockerheit?«

»Wir hatten Probleme.«

»Mit einer Teilnehmerin?«

»Mit einer *toten* Teilnehmerin.«

Wolf Gabriel stürmte in die Villa und sah sich suchend um.

»Linden?«, rief er, doch niemand antwortete.

Mutter sah ihn fragend an, wedelte mit dem Schwanz und trottete dann in Richtung des Gartenhäuschens, in dem sich die Informatiker eingerichtet hatten.

Gabriel folgte der Hündin, die an der Tür stehen blieb, und tätschelte ihr über den Kopf.

Luca Linden hatte sich über ein Notebook gebeugt, während neben ihm Stefan Wagner ein wenig zu beflissen auf seinen Schirm starrte.

»Was ist los?«, fragte Gabriel. »Habt Ihr das Mädchen? Hat sie sich in einen Griechen verliebt?«

Linden sah vom Notebook hoch. Sein Gesicht war ernst, seine Hände flatterten in der Luft.

»Sieht so aus, als hätten wir den Bock zum Gärtner gemacht«, sagte Linden.

»Und das heißt?«

»Stefan Wagner hat sich verliebt.«

»Einer deiner Nerds? Was hat das mit unserem Fall zu tun?«

»Alles. Ich habe für den Notfall Administratoren-Rechte zu seinem Notebook. Bevor ...«

»Du spionierst deine eigenen Leute aus?«

»Das ist Firmenpolitik«, sagte Linden. »Mit ihren Rechnern halten diese Leute eine ungeheure Macht in den Händen. Sie könnten weltweit Schaden damit anrichten. Deshalb gibt es einen Not-Aus-Schalter.«

»Ich habe was in der Cloud entdeckt.«

»Was denn, um Himmelswillen?«

»Stefan hat sich verliebt und anonyme Mails verschickt.«

»Er wollte Kontakt knüpfen, was ist dabei?«

»Gabriel, du verstehst das nicht. Diese Leute ticken anders. Er hat ein großes Spiel daraus gemacht, eine große Inszenierung. Und genau die hat uns hierhergebracht.«

»Du willst sagen, dass er sich in Beckers Tochter Lara verliebt hat?«

»Schlimmer«, sagte Linden. »Das Objekt der Begierde ist Sandra.«

Wolf Gabriel atmete hörbar aus.

»Dann lag ich doch richtig«, sagte er.

»Womit?«

»Sandra hat mysteriöse Textnachrichten bekommen. Aber wieso Inszenierung?«

»Glaub mir, in diese Hirne kannst du nicht hineinsehen, Gabriel. Soweit ich herausgefunden hab, hat Stefan Lara Becker per Targeting und Retargeting nach Kreta gelockt.«

»Moment mal, was hat Beckers Tochter mit Sandra zu tun?«

»Zunächst einmal, es war Stefans Projekt, eine Reise-Schatzsuche per App zu entwickeln. Er wollte das unbedingt. Er lockt Lara nach Kreta, weil er hofft, dass Ihr uns wegen unserer vorherigen Zusammenarbeit beauftragen würdet, das Mädchen zu suchen.«

»Ja, und dann? Er konnte doch nicht damit rechnen, hinterhergeschickt zu werden?«

»Genau das hat er mit aller Macht betrieben. Er

möchte Sandra nah sein und gleichzeitig sein Projekt voranbringen. Und voilà, hier sind wir.«

»Was ist, wenn das Mädchen sich von selbst bei ihren Eltern meldet?«

»Er hat ihr eine Menge Zeug auf den Computer gespielt. Zur Loslösung vom Elternhaus, zur Identitätsfindung und so weiter. Du kannst über das Netz Menschen stärker manipulieren, als du denkst. Hätte sich das Mädchen bereits gemeldet, wäre ihm sicher etwas anderes eingefallen, um daraus einen Fall zu machen, bei dem Ihr ermittelt. Du darfst nicht vergessen, er weiß von Euren Erfahrungen auf der Insel, von Beckers Nervosität … und ich bin sicher, dass er auch irgendwie den Serienkiller einberechnet hat.«

»Du willst doch damit nicht etwa sagen, dass er Lara in seine Falle geschickt hat?«

»Glaub ich nicht«, sagte Luca Linden. »Es geht ihm ja um Sandra.«

»Und hast du einen Hinweis, wo er sie hingeschickt haben könnte? Ich meine, wenn das alles kalkuliert ist, dann muss er doch wissen, wo sie sich aufhält!«

»Man bekommt kaum etwas aus ihm raus, aber er hat den Kopf geschüttelt. Ich glaube, er weiß es nicht. Die Sache ist ihm außer Kontrolle geraten.«

»Ich muss das erstmal im Kopf klar kriegen: Dieser junge Autist hat ein Projekt und ist verliebt. Er bringt das alles durch Manipulationen so zusammen, dass er seiner heimlichen Liebe Sandra nah sein und außerdem an seinem Projekt arbeiten kann?«

Luca Linden nickte.

»Auch wenn wir nicht gemeinsam auf Kreta gelandet wären, so hat er zumindest eingeplant, dass Ihr kommt und um Hilfe bittet. Dass die Geschäftsleitung uns hierherschickt, muss für ihn der Jackpot gewesen sein. Wie er das gedeichselt hat weiß ich nicht.«

»Ich kann nicht glauben, dass wir alle über das, was uns auf Facebook, Twitter, in E-Mails oder sonst wo vorgesetzt wird, derartig manipuliert werden können.«

»Dann hast du echt keine Ahnung, Gabriel. Jede Farb- oder Formgebung in Verbindung mit den Botschaften löst in unseren Hirnen etwas aus. Wenn man Informationen hat, wie jemand gestrickt ist, kann man ihn passgenau zu Kaufentscheidungen und allem möglichen anderen treiben. Das findet jeden Tag im Netz statt. Da wird das Unterbewusstsein angezapft, alte Sehnsüchte aktiviert, konkrete Konflikte ausgeschlachtet. Deshalb sind private Daten so wichtig, weil du bei jedem die entscheidenden Andockpunkte finden kannst.«

»Ich muss Becker informieren«, sagte Wolf Gabriel.

»Und dann?«, sagte Linden. »Er will, dass du seine Tochter nach Hamburg bringst.«

»Kannst du verstehen, dass ich mich wie eine Marionette fühle?«

»Du bist Teil eines Spiels. Du wurdest gebraucht

und erledigst gerade die für dich vorgesehene Aufgabe.«

»Wollen wir ihn erschießen? Oder im Pool ersäufen?«

»Wir müssen jetzt klüger sein«, sagte Luca Linden. »Er weigert sich, darüber zu reden. Für ihn zählt nur sein Projekt. Ich glaube nicht, dass er so etwas wie Moral entwickelt. Dinge sind zweckmäßig oder sie sind es nicht.«

»Was heißt, wir sollten ›klüger‹ sein?«

»Wir brauchen ihn, um das Mädchen zu finden und dieses Chaos aufzuräumen.«

»Glaubst du, er kennt die Identität des Serienkillers?«

Luca Linden sah ihn nachdenklich an.

»Ausgeschlossen ist das nicht, aber ich glaube nicht. Der Killer wäre ja auch eine Gefahr für Sandra, und die würde er, sofern es in seiner Macht stünde, eliminieren.«

»Deshalb haben wir von deiner Truppe so wenige hilfreiche Informationen bekommen«, sagte Gabriel.

»Das Problem ist, ich habe in seinen Dateien nur wenige Informationen über den möglichen Verbleib des Mädchens gefunden. Allerdings hat er fieberhaft nach ihr geforscht. Das zeigt seine Such-Historie.«

»Dann werden auch wir mal unmoralisch werden«, sagte Gabriel. »Meinst du, du kannst ihm Informationen zuspielen, ohne dass er merkt, woher der Wind weht?«

»Keine Ahnung«, sagte Linden. »Lass es uns versuchen. Sicher hat er Zugriff auf dein Handy.«

»Davon gehe ich aus. Wir werden ihm unterjubeln, dass Sandra in größter Gefahr ist. Und dass mit Attacken des Täters zu rechnen ist. Da er in sie verliebt ist, wird das seiner Suche nach dem Täter Flügel verleihen. Er wird mit aller Macht versuchen, Sandra in Sicherheit zu bringen. Allein, weil er weiß, dass er dieses Durcheinander verursacht hat. Gut machen kann er das nur, wenn wir Lara oder eben den Serientäter finden. Also geben wir ihm die Gelegenheit. Zur Sau machen können wir ihn später immer noch. Jetzt brauchen wir seine Hilfe.«

»Ich hoffe, du hast recht«, sagte Linden, der Mutter über den Kopf streichelte.

»Findest du auch, dass die Hündin nervös wirkt?«, fragte Gabriel.

»Ist mir nicht aufgefallen. Hier im Gartenhaus lässt sie sich durchkraulen und dämmert auf ihrer Decke vor sich hin.«

»Und deine Verrückten stellen nichts mit ihr an?«

Luca Linden schüttelte den Kopf.

»Vielleicht solltest du es mit einem Tierpsychologen versuchen?«

»Und der steht dann die ganze Zeit neben mir und beobachtet, wie meine Hündin mich ansieht, oder was?«

»Man muss Opfer bringen, Gabriel.«

Dessen Handy klingelte. Sandra war am Apparat.

»Was ist jetzt, Chef, soll ich mich zu einem Seminar anmelden? Gibt Beckers Spesenkasse das her?«

»Die Sache hat sich erledigt. Alles erscheint plötzlich in einem neuen Licht.«

»Wieso denn das? Es könnte doch sein …«

»Sagen Sie mal, Sandra, haben Sie hier jemandem schöne Augen gemacht?«

»Na klar. Aber was hat das mit unserer Ermittlung zu tun?«

»Sie haben ja keine Ahnung! Jemand hat Lara nach Kreta gelotst, und das ist Ihre Schuld.«

»Meine Schuld? Was reden Sie da?«

»Sie haben dem Falschen schöne Augen gemacht. Und genau dem verdanken wir es, dass wir hier sind.«

Leon van Kracht zog eine Lupe aus der Jackentasche und untersuchte das Türschloss seines Hotelzimmers. Da waren nur normale Abnutzungsspuren, keine Anzeichen für ein gewaltsames Öffnen. Aber was konnte er darauf geben? Das Service-Personal hatte mit Sicherheit Generalschlüssel.

Er schloss auf, öffnete die Tür, zog seine Pistole aus dem Holster und blieb am Eingang stehen. Zentimeter für Zentimeter scannte er die Suite ab. Das Zimmermädchen hatte saubergemacht, die Laken gewechselt und auch die Gegenstände auf dem Nachttisch zusammengeschoben.

Doch er erinnerte sich genau. Am Morgen hatte er das Bad betreten und gesehen, dass zwei Handtücher am Boden lagen. Weil er in Gedanken bei seinem Auftrag war, hatte er das nicht weiter wichtig genommen. Dabei hätten seine Alarmglocken klingeln müssen.

Konnte es ein, dass er in der Nacht Besuch hatte? Dass jemand so an sein Handy und die Daten darauf gekommen war? Und die Telefonnummer seiner Exfrau herausgefunden hatte?

Serientäter gingen gewisse Risiken ein, aber ein Zimmer zu betreten, während dort jemand schlief? Gut, er hatte ihn mit seinen Zeitungsinterviews bis aufs Blut gereizt, doch ging er tatsächlich so weit?

Van Kracht war davon ausgegangen, dass der Mann aus der Deckung heraus agierte. Ein unerwarteter Angriff auf der Straße, womöglich in einem Café. Warum hatte er noch nicht versucht, ihn zu töten?

Er schlug die Vorhänge beiseite, ging auf die Knie, um unter das Bett zu sehen und betrat dann das Bad. Er beugte sein Gesicht über das Waschbecken, schob die Milchglasscheibe der Duschkabine zur Seite.

Plötzlich hörte er ein Geräusch und spürte an seinem rechten Ohr einen Windhauch.

Himmel, der Schrank, dachte er. Ich habe nicht im Schrank nachgesehen. Er fuhr herum und blickte in ein lächelndes Gesicht. In Zeitlupe schwang etwas Gebogenes auf ihn zu. Ich muss den Arm heben, fuhr es ihm durch den Kopf. Doch dafür war es zu spät.

14.

Wolf Gabriel nahm einen Schluck Espresso und sah hinaus auf die Bucht. Neben ihm kaute Mutter auf etwas herum.

Wenn der Informatiker Stefan Wagner tatsächlich Beckers Tochter nach Kreta gelockt hatte, dann war es unwahrscheinlich, dass sie sich in der Gewalt des Serienkillers befand. Ganz ausschließen konnte man es nicht.

Die Tatsache, dass der Wagner es geschafft hatte, Lara derartig zu manipulieren, war schon unglaublich. Aber mit abgefischten persönlichen Daten war Einiges möglich. Vor allem für einen hochintelligenten Autisten. Sandra waren die mysteriösen Nachrichten eingefallen, die sie in den letzten Monaten in unregelmäßigen Abständen erhalten hatte. So wie es aussah, musste Wagner selbst das Navigationssystem ihres Wagens gehackt haben.

Wolf Gabriel beobachtete Mutter, die in die Luft

schnuppernd abwechselnd zum Fenster und dann wieder in die Küche und in eines der Schlafzimmer lief. Langweilte sie sich? Luca Linden hatte einen Tierpsychologen empfohlen. Auch von Sandra hatte er das schon zu hören bekommen. Aber eine Therapie kam gar nicht infrage.

Diese Leute sahen die Fehler immer in den Haltern, was meistens natürlich zutraf. Aber Hunde waren höchst individuelle Persönlichkeiten. Und ganz sicher gab es bei dem einen oder anderen Macken. Eigenarten und leichte Neurosen, die sie eben von Geburt an mitgebracht hatten. Bei Menschen war das nicht anders.

Gabriels Handy klingelte. Auf dem Display leuchtete der Name von Kriminalrat Becker auf. Das hatte ihm gerade noch gefehlt! Wie sollte er ihm schonend beibringen, dass seine Tochter auf einen Informatiker hereingefallen war, den er, Gabriel, als angeblichen Experten angeschleppt hatte? Aber es war nun wirklich nicht vorauszusehen, dass sich ein ansonsten emotionsloser Computerspezialist in seine Kollegin Sandra verliebte. So etwas passierte.

»Becker, was wollen Sie? Sie müssen mich schon meine Arbeit …«

»Gabriel, mir ist nicht nach Ihren Spielchen. Sie stehen immer noch in einem Dienstverhältnis, also hören Sie mir verdammt noch mal zu, wenn ich Sie anrufe.«

War es klug, Becker in die Parade zu fahren, indem er ihm mitteilte, dass das Verschwinden

Laras geklärt sei?

»Es geht um Leon van Kracht.«

»Ach, der Superagent!«, sagte Gabriel. »Jetzt bin ich aber gespannt.«

»Ein Kollege von der griechischen Polizei hat mich angerufen.«

»Ist denen der nassforsche James Bond in die Quere gekommen? Würde mich nicht wundern, so wie der gestrickt ist.«

»Leon van Kracht wurde tot in seinem Hotelzimmer gefunden.«

Gabriel stieß die Luft aus. Hatte der Superagent nach all seinen Provokationen gegenüber dem Killer etwa nicht auf sich aufgepasst? Und warum hatte Sophia ihn nicht angerufen, um ihn über die neue Sachlage zu informieren?

»Gabriel sind Sie noch da?«

»Das kommt jetzt überraschend, Becker. Was ist passiert?«

»Ihm wurde die Kehle durchgeschnitten.«

»Sicher, dass es unser Serienkiller war? Vielleicht hatte er noch andere Rechnungen offen. Wäre ja nicht so verwunderlich, wenn man gegen das organisierte Verbrechen antritt.«

»Der Täter hat ihm anschließend eine Art Sichel eingeritzt.«

»Originell. Eine Sichel, wie sie der Sensenmann mit sich herumträgt?«

»Keine Ahnung. Die Kriminaltechniker haben erst mit ihrer Arbeit begonnen.«

»Hören Sie, Becker. Es gibt Hinweise darauf, dass

Ihre Tochter mit all dem nichts zu tun hat.«

»Was für Hinweise?«

»Dazu kann ich noch nichts sagen.«

»Wollen Sie mich verarschen? Van Kracht war auf der Suche nach meiner Tochter. Jetzt wird er ermordet, da muss es einen Zusammenhang geben. Ich will wissen, was da los ist. Meine Frau dreht völlig durch.«

»Wir wissen jetzt, warum Ihre Tochter auf Kreta ist. Sie wurde hierhergelockt, allerdings aus vollkommen anderen Motiven. Mit dem Serienkiller hat das nichts zu tun.«

»Und warum finden Sie meine Tochter nicht? Warum gibt es keine Nachricht von ihr?«

»Ich fahre in van Krachts Hotel und sehe mir das an. Hotel Megalo, richtig? Ich hoffe, die griechischen Kollegen lassen mich da rein.«

Gabriel wählte Sophias Nummer, doch sie nahm das Gespräch nicht an. Verdammt, wo steckte sie nur? Er hinterließ eine Nachricht auf ihrer Mailbox, dann kramte er den Zeitungsartikel mit dem Interview heraus, das van Kracht einem Redakteur gegeben hatte.

Deutlich war im Hintergrund der Schriftzug des Hotels zu erkennen. Van Kracht hatte den Killer regelrecht zu sich nach Hause eingeladen. Dass dies unbeabsichtigt geschehen war, konnte er ausschließen. Dafür war der Mann zu erfahren.

Es war ein gefährliches Spiel gewesen, den Killer aus der Reserve zu locken, denn in einem fremden

Land war es immer schwierig, eine derartige Falle aufzubauen.

Eine halbe Stunde später stand er in der Lobby des Hotels Megalo, in der Uniformierte an den Treppenaufgängen und auch am Fahrstuhl standen und versuchten, Pressevertreter abzuwimmeln.

Gabriel zeigte einem Uniformierten seinen Hamburger Dienstausweis, was ein Kopfschütteln zur Folge hatte.

»Rufen Sie oben an«, sagte er. »Ihre Kollegen kennen mich.«

Gabriel gab ihm mit einer Geste zu verstehen, dass er telefonieren möge. Der Polizist nickte, klickte auf den Schalter seines Funkgerätes. Nach einem kurzen Gespräch gab er den Weg frei.

Vor dem Zimmer van Krachts hatten sich zwei weitere Uniformierte aufgebaut. Der Polizist in Zivil, den Gabriel schon bei der ersten Tatortbesichtigung in Kissamos getroffen hatte, trat auf ihn zu.

»Verfluchte Sauerei«, sagte er in perfektem Deutsch.

Er schob Gabriel ins Zimmer und zeigte auf die auf dem Boden liegende Plastikfolie. Gabriel bewegte sich darauf in Richtung des Badezimmers. Zwei Männer in Overalls blickten kurz zu ihm auf. Der Polizist hinter Gabriel sagte etwas zu ihnen, woraufhin sie nickten und aus dem Raum traten.

Gabriel ging hinein, sah sich um und versuchte gleichzeitig, seinen Würgereiz unter Kontrolle zu bringen. Van Krachts Kopf war zur Seite gekippt, so dass die klaffende Halswunde deutlich zu sehen war. Von der durchtrennten Halsarterie war das Blut bis an die Decke gepulst. Auch sein offenes, beigefarbenes Hemd war blutdurchtränkt. Ebenso wie die neben ihm liegenden Handtücher. Hatte er in seinen letzten Sekunden versucht, den Blutfluss zu stoppen?

Deutlich erkannte Gabriel die Sichel, die der Täter dem Toten in Höhe des Herzens in die Haut geschnitten hatte. Nicht gerade ein Kunstwerk, aber eben eine deutliche Botschaft.

Der Angriff musste blitzschnell durchgeführt worden sein. Der Eindringling dürfte van Kracht keine Gelegenheit zur Gegenwehr gegeben haben. Er war vor sein Opfer getreten und hatte dessen Leben mit nur einem Schritt beendet. Er hatte keine Chance.

»Gibt es Aufbruchsspuren an der Zimmertür?«, fragte Gabriel.

Der griechische Kriminalist schüttelte den Kopf.

Es war also möglich, dass der Täter sich im Appartement versteckt und auf den richtigen Augenblick gewartet hatte. Besaß er einen Zweit- oder womöglich sogar Generalschlüssel, mit dessen Hilfe er unbemerkt in die Suite gekommen war?

Ein Forensiker sagte etwas auf Griechisch und machte eine Geste, die Gabriel aufforderte, ihm zu folgen. Es ging zurück in den Hauptraum und vor das Fenster. Der Kriminaltechniker deutete auf die Scheibe an der Balkontür. Dort war mit durchsichtigem Klebestreifen die Farbkopie einer Ikone festgeklebt.

Sie zeigte Jesus, der in einen weißen Lichtumhang gehüllt war. Links und rechts neben ihm und zu seinen Füßen befanden sich einige Apostel. Besonders war, dass das Licht, das Jesus umgab, sich in den Körpern seiner Jünger widerspiegelte.

Gabriel machte ein paar Fotos mit seinem Handy, nickte den Forensiker dankend zu und sah sich im Zimmer um. Er machte einen Schritt auf den großen Schrank zu, streifte sich Plastikhandschuhe über und öffnete die Tür.

Auf dem Boden lag ein eingedrückter Koffer, die Bügel mit den Hemden und einer Weste waren an den Rand geschoben worden.

»Den solltet ihr nach Spuren untersuchen«, sagte er zu einem griechischen Uniformierten, der in der Nähe stand.

Der Polizist schien ihn verstanden zu haben, denn er sah von seinem Handy hoch, nickte und sagte: »Do you know, where Sophia is?«

Gabriel schüttelte den Kopf und schob die auf dem Tisch liegenden Papiere auseinander. Unter einem Blatt entdeckte er ein Foto, das Lara mit ein paar Freunden zeigte. Leon von Kracht hatte den Fuß und die Wade Laras mit einem Filzstift eingekreist.

Gabriel zog seine Taschenlupe aus der Jacke und beugte sich damit dicht über das Bild. Deutlich erkannte er die Tätowierung mit dem grünen Panther. Und dann sah er es.

»Na, klar«, sagte er laut. »Gabriel, was bist du für ein Idiot!«

Was ging ihn das Getöse da draußen an? Er durfte natürlich nicht zulassen, dass seine Mission mit Schmutz beworfen wurde. Das alles zählte zwar zur irdischen Welt, doch auch wenn man sie verachtete, genau diese irdische Welt mit ihren Pflichten war der Weg ins Himmelreich. Genau hierher war der Sohn Gottes gekommen, um die Menschen zu retten.

Jesus hatte seine Aufgabe angenommen, und auch für ihn kam es jetzt darauf an, auf seinem Weg zu bleiben. Da drüben, in der Höhle, würde sich schon bald alles in göttliches Licht auflösen.

Er zog eine Dose mit Hautcreme aus seiner Küchenschublade, legte sie auf den Tisch und wusch sorgfältig seine Hände. Sein Blick wanderte zur Katze, die auf dem Sims saß und beobachtete, wie Windböen die Sonnenschirme aufplusterten. Er lächelte. Alles nur Wind, ein wenig Stoff, ausgeblichene Farben und sonst nichts. Rein gar nichts. Nur ein Spiel.

Dann rückte er den Tisch beiseite und zog die Bodenklappe hoch. Er lauschte für ein paar Sekunden. Stille. Absolut perfekt.

Stufe für Stufe stieg er hinunter. So, wie die frühen Christen in ihre Höhlen gestiegen waren, um unbemerkt von ihren Verfolgern und Peinigern ihre Gottesdienste abzuhalten. Das Licht Gottes strahlte selbst unter der Erde. Für alle, die die Augen öffneten und die Schattenwelt hinter sich ließen. Später würde er sie an den richtigen Ort bringen, doch dafür musste er sie vorbereiten.

Gebückt schritt er durch den schmalen Gang, der am Ende der Treppe lag und schloss dann das Vorhängeschloss an der Holztür auf.

Sie lag im Halbdunkel auf der Pritsche. Nur einen schmalen Lichtschein hatte er erlaubt. Er drang durch einen Mauerspalt, denn er mit einem Meißel freigeschlagen hatte.

Sie schlief. Er setzte sich neben sie auf die Pritsche, schob ihr T-Shirt hoch und begann, mit seinen kreisenden Fingerkuppen die Creme in ihre Haut zu massieren.

Bevor er mit seinem Werk beginnen konnte, musste sie rein und samten sein. Ein heiliges Opfer, das er Gott darbot. Es musste vorbereitet vor den Schöpfer treten. Erst dann würde er es annehmen und sie mit seinem Licht zum wahren Leben erwecken.

15.

»Dieser Leon van Kracht war cleverer, als ich dachte«, sagte Gabriel. »Er hat auf dem Foto die entscheidende Spur gefunden.«

»Schön und gut, aber wo fahren wir hin?«

»Zunächst mal Richtung Lasithi-Hochebene«, sagte Gabriel und drehte sich zu Mutter um. Autofahren schien die Hündin zu beruhigen. Jedenfalls lag sie zufrieden mit dem Kopf auf ihren Pfoten und öffnete nur ab und zu die Augen.

»Während ich mich von dem Panther-Tattoo habe ablenken lassen, hat van Kracht genauer hingesehen.«

»Und das heißt?«

»Auf ihren Sneakern sind zwei Olivenbaum-Embleme eingenäht. Eines hätte Zufall sein können, aber zwei?«

»Hier gibt es überall Olivenbäume. Inwiefern hilft uns das?«

»Baumpaten und Baumchirurgen«, sagte Gabriel. »Die Nerds haben schon rausgesucht, wo die ihren Stützpunkt haben.«

Ein Schotterweg führte durch einen Olivenhain und dann über eine Brücke, die man aus Betonteilen über eine Schlucht gebaut hatte. Dann zeigte ein flaches Hinweisschild einen stilisierten Olivenbaum und darunter einen Pfeil, der nach rechts zeigte.

Der Wagen rumpelte über die Strecke. Die durchgeschüttelte Hündin erhob sich und sah gähnend durch die Scheibe hinaus.

Einer der Reifen drehte durch und schleuderte kleine Steine durch die Luft.

»Chef, was passiert, wenn wir Lara gefunden haben?«

»Dann dürfen wir endlich wieder in unseren Archivkeller.«

»Wir mischen uns nicht in die Suche nach dem Serienkiller ein?«

»Dazu müsste es ein Amtshilfeersuchen der griechischen Behörden geben.«

»Als ob Sie so etwas schon mal interessiert hätte ... Außerdem gibt es einen Zusammenhang. Schließlich wurde der Ex-FBI-Agent von dem Mann getötet.«

»Wir sollten uns lieber überlegen, wie wir Becker die Geschichte mit dem verliebten Informatiker beibringen. Und damit, dass der Lara nach Griechenland gelotst hat, um in Ihrer Nähe zu sein, Sandra. Das wird ein hartes Stück Arbeit. Er wird uns die Schuld geben.«

»Ich bringe einfach die Handynachrichten, die ich bekommen habe, nicht mit diesem schüchternen Stefan Wagner zusammen.«

»Linden sagt, dass es zwecklos ist, diese Leute zu verstehen.«

»Ich hoffe nur, dass er jetzt mit seinen Nachstellungen aufhört«, sagte Sandra.

»Vielleicht legt er erst richtig los? Wer weiß schon, was ihm einfällt?«

»Und was ist, wenn ich darauf eingehe? Vielleicht rechnet er mir zukünftige Lottozahlen aus. Oder schmuggelt mich per Computer auf die Passagierliste der Queen Mary.«

Gabriel sah aus dem Fenster. Immer wieder schlugen kleine Zweige gegen das Autodach oder glitten an den Seiten über die Türen.

Im zweiten Gang und bei eingeschaltetem Vierradantrieb fuhr Sandra eine Anhöhe hinauf. Direkt hinter dem Scheitelpunkt empfing sie ein altes Bauernhaus, das man mit einem neuen Dach versehen hatte. Die Wände waren geweißt. Vor einem der daneben gelegenen Ställe standen zwei grün lackierte Landrover.

Eine junge Frau mit Stirnband machte sich an der Ladefläche eines der Fahrzeuge zu schaffen. Als Sandra den SUV direkt dahinter stoppte, drehte sie sich überrascht um. Gabriel erkannte sie sofort.

Er stieg aus dem Wagen, öffnete die hintere Tür für die Hündin und sagte: »Hallo Lara, Ihre Eltern haben Sehnsucht nach Ihnen.«

16.

»Ich versteh das nicht!«, sagte Lara Becker. »Die haben mir in den Ohren gelegen, dass ich Praktika machen und lernen soll, auf eigenen Füßen zu stehen.«

»Aber abzuhauen, ohne ein Wort zu sagen, und sich dann nicht mehr zu melden ...«, sagte Sandra.

»Du kennst meine Eltern nicht«, erwiderte Lara. »Außerdem gibt es hier keine Internetverbindung. Mal abgesehen davon, dass ich überhaupt keine Lust hatte, denen schon wieder etwas zu erklären.«

Wolf Gabriel nickte und sah sich um.

»Geht's hier um kollektives Bäume-Umarmen?«

»Klar«, sagte Lara. »Und anschließend verteilen wir selbstgebackene Glückskekse mit Olivenkernen. Gehen wir ins Haus?«

Gabriel hatte rustikale Möbel, den Geruch von Gesottenem oder von der Decke hängende Schinken erwartet, doch das Innere war der pure Gegensatz zum Äußeren des Gebäudes. Bis auf den steinernen Fußboden sah hier alles nach einem modernen Büro aus. Weiße Tische, Rohrstühle mit Beinen aus Chrom, an der Wand Whiteboards mit Zahlen, To-do-Listen und daneben Plakate, die alte Olivenbäume zeigten.

Auf einem weißen Tisch standen Mikroskope und andere technische Geräte, die Gabriel noch nie gesehen hatte.

»Möchte jemand Kaffee?«, fragte Lara und deutete auf die in den Büroraum integrierte Küche, in der eine hochmoderne Kaffeemaschine stand.

Gabriel nickte und folgte dann zusammen mit Sandra der Aufforderung, sich an den ebenfalls weißen Konferenztisch zu setzen.

»Dies ist ein von der EU-gefördertes Projekt«, sagte Lara, als sie sich setzte.

»Und wir agieren unabhängig von den jeweiligen Regierungen«, sagte der Mann, der mit einem Becher Kaffee ebenfalls an den Tisch trat.

»Das ist Professor Sentner«, sagte Lara.

Der Mann mochte knapp über dreißig Jahre sein. Er trug einen Vollbart, eine silberne Brille, durch die seine Augen belustigt aufblitzten, und ein verknittertes Leinenjackett.

»Es ist gleichzeitig ein biologisches Forschungsprojekt.«

»Sie retten Bäume?«, fragte Gabriel.

Lara sah den Professor erwartungsvoll an.

»Das auch«, sagte er. »Im Wesentlichen aber geht es um das Erforschen von Wachstumsphasen und um wertvolle Klima-Informationen, die alte Olivenbäume preisgeben. Darüber hinaus versuchen wir, sie durch geeignete Maßnahmen zu schützen. Und das finden die betroffenen Eigentümer nicht immer toll.«

»Die würden sie lieber fällen?«, fragte Sandra.

»Genau. Das ist wie in Deutschland mit dem Denkmalschutz. Die Leute dürfen dann nichts Wesentliches mehr an den Gebäuden verändern, bekommen eine Menge Auflagen, sowie ab und zu Besuch von der Behörde. Mal eben einen Dachgarten anbauen geht dann nicht mehr. Bei schützenswerten Olivenbäumen ist das ähnlich.«

»Sie sind Biologen?«, fragte Gabriel.

»Baumchirurgen, Klimaforscher, Spinner, nennen Sie es, wie Sie wollen. Im Moment arbeiten wir auf verschiedenen Ebenen. Die Wichtigste ist das Finden und Identifizieren von Olivenbäumen, die älter als 800 Jahre sind.«

»800 Jahre?«, wiederholte Gabriel.

»Oh, es gibt Bäume, die sind an die 4000 Jahre alt. 2000 Jahre kommt dann schon etwas häufiger vor.«

Professor Sentner trank aus seinem Becher und sah Gabriel belustigt an.

»Und Sie? Sind im Geschäft ›entlaufene Teenager‹?«

»Eigentlich suche ich eher Mörder«, sagte Gabriel. »Aber wenn mal Zeit ist …«

Professor Sentner lächelte und nickte dann.

»Lara führt Sie sicher gern herum. Im ehemaligen Stall sind unser Zentrallabor und die Kühlaggregate. Und wir verwenden Stahlarmaturen, um die betagten Bäume zu stabilisieren. Wir sind allerdings noch im Aufbau. Deshalb können wir intelligente Freiwillige wie Lara hier gut gebrauchen. Sie ist doch volljährig, oder?«

»Keine Sorge. Wir müssten sie nur kurz ausleihen, in die Nähe der Zivilisation bringen und dafür sorgen, dass sie zumindest ein Telefonat mit ihrer Mutter oder ihrem Vater führt.«

Lara war die Röte ins Gesicht geschossen.

»Und was, wenn ich das nicht mache?«, sagte sie.

»Lara, bitte«, sagte Professor Sentner, der ihr einen ernsten Blick zuwarf. »Du willst doch sicher nicht, dass wir Ärger bekommen. Wie du weißt, können wir Stress mit den Behörden nicht gebrauchen.«

Lara nickte stumm und heftete ihren Blick auf die Tischkante vor sich.

»Anschluss zur Welt finden Sie im nächsten Dorf«, sagte er an Gabriel gewandt. »Einfach in die Taverne ›Elefteria‹ gehen. Die haben dort Computer und Telefone. Lara, zeigst du ihnen den Weg?«

Lara nickte. Dann schüttelte sie den Kopf, als könnte sie nicht fassen, was hier passierte.

Kommissar Gabriel bedankte sich für den Kaffee und stieg mit Mutter auf die Rückbank des Wagens. Sandra fuhr im Schritttempo die Schotterstraße herunter. Als sie die Asphaltstraße erreicht hatten, zeigte Lara nach links. Dann drehte sie sich zu Gabriel um und sagte: »Und warum dieser ganze Aufstand? Ich hab denen doch am Flughafen von Iraklion eine Mail geschickt und mitgeteilt, wo ich bin und dass ich jetzt meine Ruhe haben will. Und dass ich mich später melden würde.«

»Eine E-Mail?«, fragte Sandra, die sich ebenfalls zu Gabriel umdrehte. »Ist Lindens Informatiker so weit gegangen, die E-Mail an die Eltern verschwinden zu lassen?«

»Sieht so aus«, sagte Gabriel. »Der Mann hat sich schwer ins Zeug gelegt uns einen Urlaub auf Kreta zu spendieren.«

Die Straße wurde enger und führte an weiß gekalkten Häuserwänden vorbei auf einen Marktplatz. Kinder hangelten sich an Spielgeräten entlang oder wippten auf einer erstaunlich neuen Schaukel.

Als Gabriel, Sandra, Lara und Mutter ausstiegen, froren die Kids jede Bewegung ein. Lauernd musterten sie die Fremden, und Gabriel fühlte sich, als wäre er aus einem Raumschiff ausgestiegen und müsste nun den Aliens seine friedlichen Absichten mitteilen.

Er hob die Hand und winkte den Knirpsen zu. Einer von ihnen rutschte von der Wippe und saß dann im Sand. Auch das passierte wie in Zeitlupe. Und ohne, dass der Knirps nur für eine Sekunde den Blick von dieser seltsamen Truppe abwendete.

17.

»Stimmt das wirklich, was mein Vater mir erzählt hat? Hier läuft ein Serienkiller rum?«, fragte Lara.

»Ich bin nicht gerade ein enger Freund Ihres Vaters, aber er und auch Ihre Mutter waren verständlicherweise ganz außer sich vor Angst«, sagte Gabriel.

»Aber ich konnte doch nicht ahnen, dass meine E-Mail nicht ankommt.«

Sie saßen auf geflochtenen Stühlen vor der Taverne. Auch hier war der Handyempfang stabil. Zwei alte Männer überquerten mit ihren Gehstöcken die Straße, eine Katze kletterte am Pfosten des Vordachs hinauf und streckte in Zeitlupe ihre Pfote in Richtung einer Biene aus.

Am Telefon meldete sich der deutschsprechende Ermittler der griechischen Polizei.

»Es geht um unsere Praktikantin Sophia«, sagte er.

»Die vermisse ich auch«, sagte Gabriel. »Ist sie

krank?«

»Alles deutet leider daraufhin, dass sie entführt wurde. Wir haben drei Zeugen, die gesehen haben, wie sie von einem Mann mit einem Tuch vor dem Mund betäubt und dann in einen Van gestoßen wurde.«

»Oh mein Gott! Handelt es sich sicher um Sophia?«

»Die Beschreibung stimmt. Und wir können sie nicht mehr erreichen. Ihr Handy ist ausgeschaltet oder wurde zerstört.«

»Gibt es eine Beschreibung des Täters?«

»Das Übliche. Mittelgroß, maskiert, Haar dunkel. Keine weiteren Auffälligkeiten. Der Wagen war gestohlen.«

»Wo ist das passiert?«

»Hier in Iraklion.«

»Scheiße«, sagte Gabriel und wandte sich an Lara: »Kennt sich jemand bei euch Baumrettern zufällig mit Ikonen aus?«

Lara zuckte mit den Achseln.

»Ich muss Sie bitten, bis zu Ihrem Abflug nach Deutschland vorsichtig zu sein.«

»Sie glauben, dieses Arschloch könnte mich doch noch entführen?«

Gabriel nickte.

»Wir sind ihm eindeutig zu dicht auf die Pelle gerückt.«

Sandra steuerte den Geländewagen auf den Bauernhof und parkte direkt vor dem Hauseingang.

Gabriel und Sandra stiegen aus und betraten kurze Zeit später den großen Arbeitsraum.

»Hallooo! Weiß jemand etwas über Ikonen?«, sagte er laut in die Runde.

Professor Sentner erhob sich von seinem Schreibtisch.

»Ich habe mal bei alten Stücken den Zustand des Holzes begutachtet, auf das sie gemalt waren.«

»Na also«, sagte Gabriel, rief die Kopie der Ikone auf, die sie am Hotelfenster des ermordeten Leon van Kracht gefunden hatten.

Sentner griff zum Handy und schob seine Brille hoch.

»Ah, das Taborlicht«, sagte er.

»Und? Was hat es damit auf sich?«

»Da müssen Sie besser bei einem Fachmann nachfragen.«

»Und wo finde ich den?«

»In Athen. Oder sie fragen einen gelehrten Popen. Ich würde es beim Bischofsamt in Spili versuchen.«

Gerade saßen Sandra und er im Wagen, da klingelte sein Handy erneut. Diesmal war es Kriminalrat Becker.

»Danke, Gabriel«, sagte er.

»Gern geschehen.«

»Heute Abend geht eine Maschine. Ich habe drei Plätze reservieren lassen.«

»First-Class-Behandlung, schön ...«

»Ich ... also wir sind Ihnen wirklich unendlich

dankbar. Aber jetzt heißt es: Zurück zu unseren Alltagsaufgaben. Es gibt hier Anfragen von der Verwaltung, die Sie betreffen.«

»Da muss die Verwaltung warten«, sagte Gabriel.

»Was soll das jetzt wieder heißen? Ich werde mit denen reden ...«

»Gute Idee«, sagte Gabriel. »Wir können leider nicht dabei sein.«

Becker stöhnt auf.

»Kommt jetzt wieder eines von ihren Spielchen?«

»Leider nicht«, sagte Gabriel. »Die griechische Kollegin, die uns bei den Ermittlungen unterstützt hat, ist verschwunden.«

»Und was geht Sie das an?«, herrschte Becker ihn an.

»Eine ganze Menge. Sie wurde entführt.«

»Entführt? Was soll das heißen?«

»Wir mussten bei den Ermittlungen etwas Staub aufwirbeln. Aber Ihr toller FBI-Mann hat den Killer erst richtig zu Höchstleistungen herausgefordert.«

»Aber das geht uns nichts mehr an. Es gibt keinerlei Amtshilfeersuchen der griechischen Kollegen. Kommen Sie zurück. Das ist eine Dienstanweisung.«

»Hatten Sie mir nicht zugesagt, dass ich bei Erfolg meiner Mission einen Wunsch frei habe?«

»So weit geht die Dankbarkeit nun auch wieder nicht. Sie kommen zurück.«

»Vergessen Sie's, Becker«, sagte Gabriel. »Wir lassen unsere griechischen Kollegen nicht im Stich. Meinetwegen können Sie mich ja in den Archivkeller strafversetzen.«

Dann unterbrach er die Leitung.

18.

Gabriel sah sich um. Alle Wände in diesem Nebenhaus des Bischofsamts waren mit edlen Mosaiken versehen. Zur Decke hin gab es goldene Stuckverzierungen, und an der Decke selbst prangte ein Bildnis des Heiligen Michael, der sein Schwert gezückt hatte, um die Christenheit gegen ihre Feinde zu verteidigen.

Die Bank, auf der er saß, war mit rotem Samtstoff gepolstert, der mit Ornamenten aus Goldfäden durchwoben war.

Nach zwanzig Minuten trat mit federndem Gang ein Pope in hellem Ornat auf ihn zu. Der knapp 40-jährige Priester hatte listige Augen, trug Sneaker an den Füßen, und seine Haare hatte er zusammengedreht und mit einer Haarnadel stabilisiert, so dass der Dutt hinten aus seiner Kappe trat.

»Mein Name ist Alexandros.«

»Sie sprechen deutsch?«, fragte Gabriel.

»Ja, deshalb hat man mich ausgewählt, um Ihre Fragen zu beantworten. Es geht um eine Ikone?«

»Ja«, sagte Gabriel und rief das Foto auf seinem Handy auf.

»Das Taborlicht. Ich würde mal sagen, frühes 15. Jahrhundert.«

»Eine Kopie wurde an einem Tatort gefunden. In einem Hotelzimmer. Sicher wollte der Täter der Polizei damit eine Botschaft schicken.«

»Und diese Botschaft verstehen Sie nicht?«, unterbrach ihn der Geistliche.

»Genau. Was hat es mit diesem Licht auf sich?«

»Das ist die Gottesschau«, sagte der Geistliche.

»Es geht um christliche Spiritualität?«

»Es geht um das Licht, dass die drei Apostel Petrus, Jakobus und Johannes bei der Verklärung Christi auf einem Berg gesehen haben. Auch der italienische Meister Raffael hat das in seiner *Transfiguration* gemalt.«

»Und hat es heute noch eine Bedeutung?«

»Wie man's nimmt«, sagte Alexandros. »Im Hesychasmus spielt es seit Jahrhunderten eine große Rolle.«

»Was bedeutet das? Man betet es an, oder wie ist das gemeint?«

Der Pope lachte und schüttelte dann den Kopf.

»Nach den Anhängern dieser Lehre kann man es selbst wahrnehmen, indem man lange Zeit das Jesusgebet oder Herzensgebet rezitiert. Also man ruft den Namen Jesu an. Den Zustand der Ansicht des Lichts gelingt allerdings nur, wenn dabei eine absolute äußere und innere Stille entsteht. Meditation würden die Buddhisten das nennen.«

Gabriel nickte.

»Also man wiederholt ständig dieses Gebet, und wenn der Geist ruhig geworden, vollkommene Gelassenheit und innerer Frieden erreicht ist, dann erscheint dieses Gotteslicht?«

»Als Hilfe gibt es eine Atemtechnik und kleine Perlenketten, die durch die Hand wandern und die Konzentration aufrechterhalten sollen. Es gab Streit in der Kirche, weil das Licht unerschaffen und damit Gott selbst sein soll. Es gab darüber sogar kriegerische Auseinandersetzungen.«

»Und wieso Taborlicht?«

»Weil nach den Überlieferungen Jesus auf dem Berg Tabor von diesem Licht umgeben war. Heute hat die Imjaslavie-Bewegung die Tradition aufgenommen. Das bedeutet Verehrung des Namens Gottes. Zeigen Sie mir noch einmal das Foto mit der Ikone?«

Gabriel fischte sein Handy aus der Jackentasche, rief das Foto erneut auf und reichte es dem Popen.

Der zog mit Daumen und Zeigefinger das Bild größer, holte eine altertümliche Lupe aus der Schreibtischschublade vor ihm und untersuchte es weiter.

»Besonderheiten?«

»Ikonen werden nach exakt vorgegebenen Bildinhalten und Strukturierungen gemalt.«

»Und?«

»Ich weiß nicht«, sagte der Pope.

»Hören Sie, jede Information ist wichtig. Eine Polizistin wurde entführt und wir müssen sie schnell finden.«

»Wissen Sie, ich bin nicht gerade ein Ikonen-Spezialist …«

»… aber? Die junge Frau schwebt in Lebensgefahr.«

»Auf den ersten Blick sieht die Ikone alt aus, aber es gibt moderne Veränderungen. So meisterhaft wie sie ist, kann sie nur an einem Ort gefertigt worden sein. Sieht nach der Arbeit eines hochbegabten Novizen aus. Jemand, der seinem Meister zeigen will, was er kann.«

»Was heißt: ›nur an einem Ort‹?«

»Athos. In unserer autonomen Mönchsrepublik Athos. Da gibt es eine Ikonen-Malwerkstatt. Die Zelle »Heiliger Daniel‹.«

»Und wie komme ich dahin?«

Der Pope sah ihn lächelnd an.

»Mit der U-Bahn sicher nicht.«

19.

»Was, zum Teufel, hat Gabriel vor?«, brüllte Becker ins Telefon.

»Sie wissen ja, wie es um sein Mitteilungsbedürfnis steht«, sagte Sandra.

Sie hatte Gabriel versprechen müssen, Becker nichts über seine nächsten Schritte zu verraten.

»Der bekommt Angst, dass eine Beschwerde der orthodoxen Kirche auf seinem Schreibtisch landet«, hatte Gabriel vorher schon vermutet.

»Hören Sie, Sandra«, beschwor Becker sie. »Ihre Aktivitäten da in Griechenland sind durch nichts gedeckt.«

»Das waren sie vorher auch nicht.«

»Es kann sich nur um Tage oder Stunden handeln, bis der Polizeipräsident in meinem Büro aufschlägt und sich vor mir das Tor zur Hölle öffnet.«

»Ist das nicht ein wenig theatralisch?«

»Verstehen Sie denn nicht?«

»*Sie* verstehen nicht«, sagte Sandra. »Eine junge Kollegin wurde von einem verrückten Killer entführt. Die können wir jetzt nicht allein lassen, nachdem wir sie ins Feuer geschickt haben.«

»Und was ist, wenn Ihnen etwas passiert? Der Mann bringt junge Frauen um. Wenn er auf diese Sophia aufmerksam geworden ist, dann sind auch Sie gefährdet. Wissen Sie was? Wenn ich es mir recht überlege, gebe ich Ihnen den dienstlichen Befehl, sofort zurückzukommen.«

»Das geht nicht«, sagte Sandra fröhlich.

»Und warum, bittschön, geht das nicht? *Ich* bin ihr Vorgesetzter.«

»Weil ich hier offiziell in Urlaub bin. Sie erinnern sich an unsere Vereinbarung?«

»Sie sagen Gabriel, dass er das alles runterfahren soll, verstanden?«

»Warum sagen Sie ihm das nicht selbst?«, fragte Sandra.

»Weil ich ihn verdammt noch mal nicht erreiche.«

Gabriel blickte über die Reling der Schnellfähre. Schroffe Felsvorsprünge zogen an ihm vorbei. Immer wieder sah er Einsiedeleien, die in den Hängen klebten. Hier und dort erhoben sich mächtige Klostermauern, wenn die Fähre eine Landzunge passierte.

Der Schiffsdiesel stampfte und rüttelte am Schiff. Wenn Gabriel die metallene Reling des Bootes berührte, spürte er die Schläge der Kolben. Der Herzschlag des Schiffes, dachte er.

Dann kam der Berg Athos in Sicht. Die Spitze war in Nebel gehüllt, und gleich darunter erkannte Gabriel Eisfelder. Um die 2000 Meter ging es hinauf zum Gipfel. Zwölf Stunden sollte der Aufstieg dauern.

Das Schiff fuhr weiter um die Insel und steuerte einen kleinen Hafen an. Der Kapitän des Schiffs öffnete ein Fenster seines Steuerhauses und brüllte den Matrosen Anweisungen zu. Die begannen, die Tampen in große Kreise zu legen. Auch die beiden Wurfleinen wurden klargemacht.

Gabriel war in aller Frühe von Iraklion nach Thessaloniki geflogen und von dort mit einem Mietwagen nach Quranopoli gefahren.

Er sah auf die Uhr. Die Überfahrt bis zum Hafen Dani hatte noch einmal zwei Stunden gedauert. Aber es half nichts, mit der Ikonenspur hatten sie den allerersten ernstzunehmenden Hinweis auf den Serienkiller. Und damit auf den Verbleib von Sophia.

Gern hätte er Sandra bei sich gehabt. Doch Frauen war das Betreten der Mönchsrepublik verboten. Selbst seine Hündin Mutter hatte er auf Kreta lassen müssen, weil dieses Verbot auch für weibliche Haustiere galt. Katzen waren ausgenommen, weil sie die Nahrung der Mönche vor Mäusen schützten. Und auch Hühner waren erlaubt. Wegen der Eier, die sie legten.

Er hatte den Popen gefragt, wie das in die moderne Zeit passe. Der hatte gelächelt und einen Kirchenlehrer zitiert: »Aus diesem Paradiese ist das

Weib verstoßen, damit der Mann nicht jenes Paradieses verlustig gehe.«

Gabriel hatte Schwierigkeiten gehabt, seine Bemerkung dazu bei sich zu behalten. Aber was sollte man auf derartig Unfassbares schon antworten?

Auf die Fähre ließ man ihn nur mit dem Visum, das ihm der Geistliche Alexandros zuvor ausgestellt und abgestempelt hatte. Es erlaubte einen Aufenthalt für maximal drei Tage.

Gabriel trat über die Gangway und sah sich um. Eine Gruppe kichernder Mönche begrüßte einen älteren Bruder, der mit drei Lasteneseln auf sie gewartet hatte. Gleich daneben stand eine Vierer-Gruppe von Pilgern, deren Gesichtsausdruck ein wenig so aussah, als wären sie im Begriff, den Mount Everest zu erklimmen.

Zwei Polizisten saßen in der Hafentaverne vor ihrem Kaffee und beobachteten die Szenerie.

»Are you Mister Gabriel?«, fragte ihn ein gebeugter Mönch, der plötzlich in seiner Kutte neben ihm stand.

»Yes I am«, erwiderte der.

»We have many Gabriels on Athos. Holy Gabriels«, sagte der Mönch und grinste.

Dann trat er zu einem an einen Holzpfahl festgebundenen Muli, bedeutete Gabriel, ihm seinen Rucksack zu überreichen und band ihn dann an dem hölzernen Sattelgestell fest. Das Tier bedachte Gabriel mit einem gelangweilten Blick, als wollte es sagen: »Wenn das alles ist!«

Der Mönch pfiff durch die zusammengepressten

Lippen, und das Muli setzte sich in Bewegung. Es gab die Geschwindigkeit vor. Der Mönch drehte sich noch einmal um, als wollte er sich versichern, dass Gabriel sich dem Mini-Treck angeschlossen hatte. Organisiert hatte das sicherlich der kirchliche Sekretär, denn der Mönch schlug ohne nachzufragen einen abzweigenden Pfad ein.

Entlang der Olivenhaine ging es den Schotterweg entlang, auf dem man zeitweise Felsbrocken ausweichen musste.

Zitronenfalter umflatterten Gabriel. Dann wieder Bienen und eine schillernde Libellenart. Die Stille und die Gerüche waren atemberaubend. Auch nach einer Stunde lief der Mönch neben seinem Esel her und machte keinerlei Anstalten, eine Pause einzulegen.

Ich bin hier nur ein Störenfried, dachte Gabriel. Die Natur überwältigt den Menschen. Und uns Stadtmenschen gleich doppelt. Alles, was da in seinem Kopf herumrumorte, passte nicht zu der Pracht, die ihm immer wieder in die Seite stieß und sagte: Nun schau doch mal hin, Gabriel! Richte mal deinen Oberkörper auf, lass Luft in deine Lungen!

Nun begann er also zu spinnen. Das fing ja gut an.

Als sie einen Hügel umlaufen hatten, tauchte vor ihnen ein Kloster auf.

»Bitte lass es unser Ziel sein«, sagte Gabriel und schickte einen flehenden Blick gen Himmel.

Deutlich erkannte Gabriel Brunnen, Treppen,

Obst und Olivenbäume inmitten der gemauerten Umfriedung, die höchstens einen Meter hoch war. Nein, vor Feinden musste man sich hier nicht schützen. Vor der irdischen Außenwelt schon.

Das erklärte die schroffen Wände der Gebäude, hinter denen sich die Glaubensbrüder zu verschanzen schienen. Auf den Plätzen, die er einsehen konnte, standen Gruppen von Priestern, während andere mit dem Holztransport, dem Tragen von Bottichen oder dem Versorgen der Mulis beschäftigt waren.

Jetzt ein Bett!, dachte Gabriel. Nur für eine halbe Stunde!

Doch sein Führer kannte kein Erbarmen. Es lag noch eine ziemliche Wegstrecke vor ihnen. Eine halbe Stunde schon hatten sie das Kloster hinter sich gelassen, als wieder ein Pfiff ertönte und der Mönch stehenblieb. Lachend deutete er auf einen Wasserhahn, der an einem Rohr befestigt war, das aus einem Fels ragte.

Der Mönch bedeutete ihm zu trinken und kramte in einer Satteltasche eine Thermosflasche heraus.

Gabriel drehte den Hahn auf und trank das erstaunlich kühle und weiche Nass. Dann fuhr er mit dem Handrücken über die Lippen, ließ sich erschöpft auf eine Grasnarbe fallen und beobachtete den Mönch, der plötzlich eine Schale in der Hand hielt, sie füllte und vor das Muli stellte.

Dabei sprach er mit einer tiefen, fast brummenden Stimme mit dem Tier. Kein Zweifel, die Beiden kannten sich gut. Für Gabriel klang es fast wie ein Gebet. Dazu passte auch, dass der Mann sich bekreuzigte.

Das Muli schien ihn zu verstehen, denn es beugte nicht nur den Hals zum Wasser, sondern vollführte ein paar ausgelassene Kreise mit seinem Schwanz.

Gabriel hatte nicht geahnt, dass man sich angesichts der Gefühlsaufwallung eines Mulis so freuen und mit allem, was passierte, vollkommen einverstanden sein konnte. Auch, wenn er es gegenüber anderen nicht eingestehen würde, die unerwartete Stille und die Natur der Insel machten etwas mit ihm.

Nach einer Rast von einer Viertelstunde ging es weiter. Wolf Gabriel hatte längst sein Zeitgefühl verloren, als der Mönch abrupt stehen blieb, auf einen kleinen Pfad zeigte und »Daniel-Bruderschaft« hervorbrachte. Gabriel verstand nicht so recht, doch dann erinnerte sich an den Popen in Spili.

Die Daniel-Zelle war auf Athos für die Ikonenmalerei zuständig. Wenn der Serienkiller tatsächlich auf Athos gewesen war, dann würden sich hier Spuren finden lassen.

Würden sie Sophia rechtzeitig retten können? Zog der Täter das Spiel mit seiner gefangenen Polizistin genüsslich in die Länge? Hoffentlich, dachte Gabriel. Je mehr du dich an deinem kranken Ego ergötzt, umso mehr Zeit haben wir.

Die Dämmerung war hereingebrochen und Gabriel blickte auf das Schauspiel, das die untergehende Sonne über der Ägäis bot. Von Sekunde zu Sekunde veränderte sich das tanzende Rot da draußen und schickte einen letzten Tagesgruß. Es waren tatsächlich »Rosenfinger«, die sich ihm entgegenstreckten. Ganz so, wie es der große Homer es am Anfang seiner Odyssee geschrieben hatte. Nur war es da um den Sonnenaufgang gegangen.

Dann war es endlich so weit.

Sie betraten den Innenhof der Klosteranlage und der Mönch, der ihn geführt hatte, wechselte ein paar Worte mit einem seiner Brüder. Der nickte und trat dann auf Gabriel zu.

»Ich bin Nikitas und für Ihr Wohl zuständig «, sagte er in perfektem Deutsch. »Kommen Sie, Sie werden hungrig und müde sein.«

Gabriel hatte eine karge Zelle mit unbemaltem Putz und einem Kruzifix an der Wand erwartet. Doch der Mönch brachte ihn in ein geräumiges Zimmer, das mit seinen bunten Decken, einer gemalten Waldlandschaft an der Wand und Krügen auf einer Anrichte sehr behaglich eingerichtet war.

Auf dem Tisch standen ein Kaffee, ein Glas Wasser, ein Schnaps und eine Schüssel mit einer glibberigen weißen Masse.

»Ich begrüße sie als unseren Gast. Halten Sie sich einfach an die Regeln«, sagte der Mönch. »Unser Abt wird sie morgen im Laufe des Tages empfangen.«

»Und wenn ich überhaupt nicht weiß, was das

für Regeln sind?«

Der Mönch grinste ihn an.

»Dann machen Sie das, was die anderen machen.«

Ein weiterer Mönch öffnete die Tür und stellte Gabriels Rucksack neben die Tür.

Als die beiden Mönche ihn miteinander tuschelnd verlassen hatten, probierte er die weiße Masse. Eine Süßspeise, die er gierig herunterschlang.

Er wühlte in seinem Rucksack und fand Kekse sowie eine Tafel Schokolade und einen Müsliriegel. Da biss er hinein und legte sich aufs Bett.

Er musste während des Kauens eingeschlafen sein, denn als er aus dem Bett hochschreckte, hatte er noch Nusskrümel im Mund.

Draußen auf dem Gang brach die Hölle los. Mit einer Klingel raste jemand durch den Flur und auch vom Turm der rötlich angestrichenen Kirche, die er gestern gesehen hatte, wurde Sturm geläutet. Gabriel sprang in seine Schuhe, griff zu seinem Rucksack, ließ ihn wieder fallen und griff stattdessen zu einem Knüppel, der an der Wand lehnte.

»Verdammt, uns läuft die Zeit davon«, sagte Sandra.

Luca Linden nickte und fragte nach Gabriel.

»Ich hab's versucht. Keine Verbindung.«

»Gut möglich, dass es nicht überall in dieser Mönchsrepublik Internet gibt. Wir müssen halt abwarten.«

Sandra schüttelte den Kopf.

»Sophia schwebt in Lebensgefahr und wir sitzen hier herum. Ich habe Ihrem stalkenden Stefan Wagner vorhin lautstark verziehen und ihm gesagt, wie wichtig er ist, wie dringend wir seine Hilfe brauchen.«

»Und hat er reagiert?«, fragte Linden.

»Er hat auf den Fußboden gesehen und gar nichts gesagt. So eine Art Schockstarre.«

Linden nickte.

»Sie werden uns nicht im Stich lassen ... hoffe ich.«

»Wir können unmöglich hier herumsitzen und auf Gabriel warten. Wir müssen jede Chance nutzen, Sophia lebend zu finden.«

»Nur haben wir keinen Ansatzpunkt«, sagte Linden. »Was ist mit der griechischen Polizei?«

»Ich habe mit dem stellvertretenden Leiter gesprochen. Sie haben versucht, Sophias Handy zu orten. Leider Fehlanzeige.«

»Haben Sie denn ihre Handynummer?«

Sandra nickte.

»Dann kommen Sie«, sagte Linden.

Sie gingen hinüber ins Gartenhaus. Stefan Wagner und Jens Raja saßen jeweils hinter einer Batterie von Monitoren. Keiner von ihnen blickte hoch.

»Mal kurz zuhören«, sagte Luca Linden. »Wir brauchen die letzten Aufenthaltsorte von Sophia. An welchen Signalmasten hat sich ihr Handy eingeloggt, wie lange war sie dort.« Dann las er die Telefonnummer ab, die Sandra ihm auf einen Zettel geschrieben hatte.

»Wir sollten auch alle anderen Nummern abgleichen, die wir inzwischen haben«, sagte Linden. »Also den Chef der Schildkrötenstation, die Sie besucht haben, dann greifbare Telefonnummern von den Mitarbeitern der Influencer-Agentur, von den Baumrettern … alles, was wir haben. Möglicherweise gibt es eine Überschneidung.«

»Und Ihre Leute haben tatsächlich Zugriff auf die Daten der Telefonanbieter?«

»Das ist ja die Basis ihrer Arbeit. Für das Spiel, das sie entwickeln, müssen sich die Teilnehmer vernetzten und jederzeit miteinander in Kontakt treten.«

»Aber warum braucht man dazu die Daten der Mobilunternehmen?«, fragte Sandra.

»Weil sie, je nach Spielzug, herausfinden müssen, wo sich andere Teilnehmer befinden. Das funktioniert nur in Echtzeit.«

»Legal hört sich das nicht an«, sagte Sandra.

»Deshalb wollen sie perspektivisch ein eigenes Netz aufbauen. Jetzt in der Entwicklungsphase reichen die Informationen der Anbieter. Und die WLAN-Netze, auf die sie sich geschaltet haben.«

Sandra nickte und kehrte in die Villa zurück. Sie schrieb die Nummern, die sie in ihrem Handy gespeichert hatte, auf einen Zettel, suchte im Netz nach den Handynummern, die in Zusammenhang mit den von ihnen besuchten Agenturen, Initiativen und Vereinen auftauchten. War es möglich, dass sie dem Serientäter bereits über den Weg gelaufen waren? Am Ende sogar mit ihm geredet hatten?

Eine knappe Stunde später trat Luca Linden mit einem Stapel Papiere durch die Terrassentür.

»Die Jungs haben eine Art Zwischenergebnis ihrer Suche nach Lara ausgedruckt. Sie hatten sich in die Energieversorger eingehackt und den Stromverbrauch gemessen, ihre Internetabfragen aufgelistet, ein lückenhaftes Bewegungsprofil erstellt ... aber das alles ist jetzt ja nicht mehr wichtig. Jetzt geht es um Sophia.«

»Stimmt«, sagte Sandra. »Uns läuft die Zeit davon und Gabriel ist weiterhin nicht zu erreichen.«

»Und was ist, wenn er da vollkommen umsonst unterwegs ist? Wenn die Ikonenmalerei keine Rolle spielt?«, fragte Linden.

»Wir haben einen Serienkiller, der seine Botschaften loswerden will. Ich glaube nicht, dass der zufällig eine Ikonen-Kopie ans Fenster klebt. Wir sollten hier weitermachen.«

Sandra betätigte eine Taste. Der Drucker sprang an und spuckte Seiten mit den von ihr gesammelten Kontaktdaten aus.

Hatten sie die Entführung von Sophia den Beleidigungen des getöteten Privatdetektivs zu verdanken? Hatte der Killer in seiner Raserei sein Augenmerk jetzt auf seine Verfolger gerichtet, oder verbarg sich selbst hinter der Entführung der griechischen Kollegin eine weitergehende Absicht? Und wenn ja, welche?

Sandra erreichte bei der griechischen Kriminalpolizei einen deutschsprechenden Beamten.

»Haben Sie schon ein Lebenszeichen von Sophia?«

»Gar nichts. Wie vom Erdboden verschluckt.«

»Was war denn ihr letzter Auftrag? Haben Sie sie irgendwohin geschickt?«

»Sie hat gesagt, sie müsse etwas überprüfen. Mehr nicht.«

»Und in ihren Notizen?«

»Auf ihrem Schreibtisch und in ihrem Computer haben wir nichts gefunden. Außer ...«

»Ein Name, den sie eilig auf einen Zettel geschrieben hat. Raffael. Aber jemand mit diesem Namen taucht in den Ermittlungsakten nicht auf.«

Es half nichts. Sie musste warten, bis Gabriel wieder erreichbar war. Oder bis die Informatiker im Gartenhaus eine Spur fanden. Sie dachte an Stefan Wagner. Hatte er sich in sie schon bei ihrem ersten Besuch, als es um einen früheren Fall ging, im abgefahrenen Büro des Suchmaschinenherstellers verliebt?

Und was noch wichtiger war: Wie konnte man ihn davon abhalten, sie weiter digital zu stalken?

Sie dachte an die Nachrichten, die sie durch ihr Navigationsgerät im Auto bekommen hatte, an die Leuchtbuchstaben, die plötzlich über ihren Bildschirm gewandert waren. Stalker in ihrem Wahn waren oft nicht mal durch polizeiliche Ansprache, Strafandrohung oder Kontaktverbote zu bremsen. Die Frauenhäuser quollen über von ihren Opfern.

Sie selbst hatte einem Täter, der seit einem halben Jahr seine Exfrau auf Schritt und Tritt verfolgte, ins Gewissen geredet. Er hatte sie angesehen, als würde er ihre Sprache nicht verstehen, als befänden sie sich in zwei vollkommen unterschiedlichen Welten.

Trotz richterlich ausgesprochenem Kontaktverbot, Festnahmen und mehreren Tagen im Gefängnis hatte er nicht aufgehört. Im Gegenteil. Er hatte sich immer perfidere Methoden ausgedacht, um seine Exfrau zu bedrohen.

Inzwischen lebte sie unter anderem Namen im Süden der Bundesrepublik. Aber sicher war er noch auf der Suche nach ihr.

»Es ist *meine* Frau«, hatte er zu Sandra gesagt. Mit einem Gesichtsausdruck, den sie nie wieder vergessen würde.

Was wenn ... Sandra schob den Gedanken beiseite.

Unsinn, sie musste sich jetzt auf die Suche nach Sophia konzentrieren.

Plötzlich trabte Mutter in das Zimmer, ließ sich auf ihre Decke fallen und knackte etwas in ihrem Maul entzwei.

»Nüsse?«, fragte Sandra und beugte sich zu der Labradorhündin hinunter. Sie schob ihre Finger in ihr Maul und schob die zerbissenen Reste heraus und roch daran.

»Kaffeebohnen!«, sagte sie. »Scheiße, wo hast du die denn her? Das ist hochgiftig für Hunde!«

»Großer Gott, tu mir das nicht an«, sagte Sandra

und pulte weitere Reste aus dem Maul von Mutter. Dann nahm sie die Wasserschale und flößte ihr Flüssigkeit ein.

Linden hatte den Raum betreten und sagte: »Was ist los?«

»Sie frisst Kaffeebohnen«, sagte Sandra. »Das ist toxisch für Hunde. Verdammte Scheiße, füttern Ihre Leute Mutter mit dem Zeug?«

»Die trinken Energydrinks«, sagte Linden und ging in die Küche. Nach drei Minuten kam er mit einer angenagten Tüte zurück.

»Stand im Regal unter der Spüle. Mutter hat ein Suchtproblem.«

»Deshalb ist sie in letzter Zeit so unruhig«, sagte Sandra. »Wir müssen das Haus inspizieren. Vielleicht hat sie sich Vorräte angelegt. Gabriel darf das auf keinen Fall erfahren. Der dreht vollkommen durch.«

»Ich kümmere mich darum«, sagte Linden und nahm ein Blatt Papier, das er bei seinem Betreten des Raums auf den Tisch gelegt hatte.

»Wir haben einen Treffer«, sagte er.

»Und das heißt?«

»Er hat sich kurz vor dem Ausschalten von Sophias Handy in ihrer Nähe befunden. Die Informatiker haben die Handyanmeldungen an den Funkmasten, in denen ihr Handy eingeloggt war, abgeglichen.«

Sandra sprang auf und griff zum Ausdruck.

»Was?«, schrie sie auf, als sie den Namen las. Sie wählte die Nummer von Gabriel.

»Der Teilnehmer ist nicht erreichbar«, sagte eine weibliche Stimme.

»Linden, wir müssen was machen. Jetzt«

»Wollen wir das nicht lieber der griechischen Polizei überlassen?«

»Bis wir denen erklärt haben, woher wir die Daten haben, könnte er Sophia schon getötet haben. Wir haben keine Zeit.«

»Aber ...«

»Sind Sie dabei oder nicht?«

20.

Gabriel begutachtete den Knüppel, der sicher als Hilfe bei Bergwanderungen gedacht war, und trat an die Tür. Der Lärm auf dem Flur schwoll weiter an, dann hörte er eiliges Fußgetrappel.

Ein Blick auf die Uhr sagte ihm, dass es halb vier in der Früh war. Draußen war die Sonne schon aufgegangen und goss ein rosafarbenes Licht über die Schleierwolken, die vom Meer her zur Halbinsel Athos krochen.

Für Naturbetrachtungen war jetzt keine Zeit. Was war da draußen los? Standen fremde Heere vor den Klostermauern?

Er hob den Knüppel, drückte vorsichtig die Klinke herunter und öffnete die Tür.

Vor ihm huschten Mönche den Flur entlang. Einige richteten im Laufen ihre Haare, indem sie ihre Zöpfe unter die Kappe stopften. Andere knöpften ihre Kutten zu.

Einer der Mönche sah ihn, schob die Tür auf und

bedeutete ihm, zu folgen.

War ein Feuer ausgebrochen? Gabriel schnupperte in die Luft, roch aber nichts außer den Ausdünstungen des alten Holzes, das man hier vor Hunderten von Jahren verbaut hatte. Hatte es ein Erdbeben gegeben, das er verschlafen hatte? In dieser Region kam das öfter vor.

Er bemühte sich, mit dem Mönch vor ihm Schritt zu halten und bemerkte erst jetzt, dass er den Knüppel immer noch in der Hand hielt. Außerdem war er in seinen geblümten Bermuda-Shorts unterwegs. Egal. Er hielt sich dich an den Mönch vor ihm. Sie liefen die Treppe hinunter und bogen dann in einen Gang ab. Wild läutete eine Glocke.

Plötzlich stoppten die Mönche vor ihm, richteten sich kerzengerade auf und bekreuzigten sich. Vor ihnen ging es durch ein gemauertes Tor. Die Umrandung bestand aus Felsquadern.

Überrascht sah sich Gabriel um. Sie standen in einer Kirche! Vorn am Altar entzündeten Mönche Kerzen und Weihrauchgefäße, andere Geistliche stellten sich vor die Sitzbänke, die entlang der Wände aufgebaut waren.

Gabriel baute sich neben dem Mönch auf, dem er die ganze Zeit gefolgt war. Er sah an sich herunter. Die Bermuda-Shorts zwischen all den schwarzen Kutten waren auch wirklich zu lächerlich. Auch dass er auf Socken dastand, fiel ihm jetzt erst auf.

Ein Mönch mit grauem Zopf trat auf ihn zu, stellte sich vor ihn und band ihm ein schwarzes Tuch um die Hüften. Der Mann roch schwer nach

Knoblauch. Und auch eine kleine Alkoholfahne meinte Gabriel zu riechen.

Jetzt also auch noch ein Rock, dachte er und schickte einen verzweifelten Blick in die Höhe. Von da oben blickte tatsächlich ein sanft lächelnder Jesus auf ihn hinunter. Er hielt seine segnende Hand in die Höhe.

Die Mönche hatten plötzlich in schwarzes Leder eingeschlagene Bücher in den Händen und begann erst leise, dann immer stärker anschwellend zu singen. Gabriel war unschlüssig, doch dann brummte er die Melodie mit, so gut es eben ging.

Warum, verflucht, hatte ihm niemand gesagt, dass diese Leute mitten in der Nacht aufstanden, um zu beten? Schön, das war ihre feierliche Art, den Tag zu beginnen. Aber wie sollte einem feierlich zu Mute sein, wenn man in Boxershorts und auf Socken auf kaltem Marmor stand?

Er schielte zu einem Stapel dieser schwarzen Bücher, die sich auf einem Hocker neben dem Eingang stapelten. Aber was half das? Schließlich konnte er die griechischen Schriftzeichen ohnehin nicht lesen. Und außerdem: Wäre er auf Socken dahingerutscht, hätte das bei dem einen oder anderen Mönch einen Lachkrampf auslösen können. Für die Störung des Gottesdienstes wollte er nicht auch noch verantwortlich sein.

Würde ihn überhaupt jemand ernst nehmen, wenn er versuchte, seine Fragen loszuwerden? Mal abgesehen davon, dass er zunächst jemanden finden musste, der ihn anhören würde.

Die Mönche unterbrachen ihren Gesang und setzten sich. Jetzt trug einer der Männer, der am Altar stand, eine Art Psalm vor.

Er sollte die Regeln befolgen und das nachmachen, was die Mönche taten, hatte der Gastmönch ihm am Abend eingeschärft. Leichter gesagt als getan!

Plötzlich fiel ihm auf, dass er immer noch den Knüppel in der Hand hielt, den er sich in seinem Zimmer geschnappt hatte. Er lehnte ihn an die Rückseite der Sitzbank und richtete seinen Blick wieder auf den Altar.

Gabriel versuchte, mit leicht gebeugtem Kopf durch die Reihe der Mönche zu gehen. Wenn es ihm gelang, dem Gastmönch ein Zeichen zu geben, vielleicht würde der ihm hier raushelfen?

Die Mönche sprangen auf, antworteten dem Vorbeter vorn am Altar, setzten sich wieder, begannen zu singen.

Durch die Erschütterungen rutschte der Knüppel zur Seite und Gabriel schloss verzweifelt die Augen. Mit einem Krachen landete er auf dem Boden. Die Mönche drehten sich abrupt zu ihm um und runzelten die Stirn. Dann ging es weiter mit dem Gesang.

Gabriel blickte auf seine Uhr. Eine Stunde war vergangen. Er hatte Hunger, und sein Gaumen fühlte sich knochentrocken an. Wie die Wüste Gobi. Ha, die Wüste Gobi! Da war ihm etwas Religiöses eingefallen. Wanderten die Juden nicht durch die Wüste, um das Joch der Ägypter abzuwerfen? Und war nicht Jesus in der Wüste gelandet? Das Gleichnis vom brennenden Dornbusch ... oder war es ein Hügel, auf dem er das erlebte? Oder verwechselte er da etwas mit Moses?

Der Gesang schwoll abwechselnd auf und ab. Ebenso wie seine Gedanken, die sich nicht im Zaum halten ließen. Links von ihm huschte ein Mönch aus der Kirche, dann ein zweiter.

Gabriel sah zu dem Gastmönch hinüber, doch der hielt tapfer die Stellung. Seine Uhr verriet ihm, dass inzwischen drei geschlagene Stunden vergangen waren. Er hatte eiskalte Füße trotz der Socken.

Mit der Zeit forderte der Steinboden seinen Tribut. Immer wieder fielen ihm die Augen zu, und er begann in kurze Träume einzutauchen. Solange, bis sein Oberkörper nach vorn sackte und ihn weckte, bevor er von der Bank rutschte.

Der Weihrauch zwickte ihm in der Nase. In seinen Kurzträumen saß er mit seiner Mutter in einer Kirche und bedauerte das Jesuskind in der Krippe. Aber wieso eigentlich bedauern? Neben einer Kuh und einem Esel geboren zu werden, war doch nicht das Schlechteste! Auf alle Fälle romantischer als in einem weißgekachelten Kreißsaal.

Gabriel bewegte seine Zehen, um Blut durch die Adern zu pumpen. Lustig, wie das aussah! Wie ein kleines Theater, bei dem die Zehendarsteller sich nicht einigen konnten, in welche Richtung nun getanzt werden sollte. Ein chaotischer Haufen, auf dem er da herumlief.

Erneut verschwand ein Mönch durch die Tür,

und ein anderer trat wieder ein. Konnte man nach draußen verschwinden, ohne dumm aufzufallen? Oder gab es auch dabei Regeln, die zu befolgen waren?

Gabriel sah die Reihe der Mönche entlang, aber niemand gab ihm ein Zeichen. Sie nahmen ihn nicht wahr, obwohl sie einen Laien in Bermudashorts, Rock und Socken sicher noch nicht erlebt hatten.

Er musste lachen. Großer Gott! Er biss sich auf die Zähne und versuchte, seine Zehen still zu halten.

Dann tauchte ein Gedanke auf. Erst in zarten Buchstaben, dann in immer größer werdenden Lettern: Das können sie mit mir nicht machen! Er drängte sich immer mehr in den Vordergrund, bis er es nicht mehr aushielt. Nicht mit mir!

Gabriel stand abrupt auf und ging zur Tür. Aber genaugenommen war es anders: Er sah sich aufstehen und hinausgehen. So, als passierte es in einem Traum. Ein kurzer Blick in die Runde: Niemand nahm von ihm Notiz.

Draußen wieselten zwei Mönche über den Gang und glitten in den Speisesaal. Gabriel vermutete jedenfalls, dass es der Speisesaal sein musste. Auf langen Tischen standen Teller und in der Mitte frisch duftendes Brot.

Gabriel erinnerte sich an die Bäckerei, in die er während seiner Kindheit von seiner Mutter geschickt wurde. An den abgebrochenen Knust, den er unterwegs gleich gegessen hatte. Ja, damals hatte das Brot genauso gerochen! Es musste frisch sein, denn als Gabriel mit der Rückseite seiner Hand einen Laib berührte, war er ofenwarm.

Plötzlich begann die Kirchenglocke heftig zu läuten. Die massive Holztür zur Kirche schwang auf und die Mönche drängten heraus.

Gabriel drückte sich an die Wand, während die Geistlichen sich hinter die Stühle an der Tafel stellten. Dann schritt der Abt aus der Kirche, legte seine Kopfbedeckung ab, blickte ihn lächelnd an und wies ihm einen Platz zu.

Gott sei Dank, dachte Gabriel. Der Spuk ist vorbei.

Der Abt setzte sich an die Stirnseite der Tafel, dann folgten alle anderen seinem Beispiel.

Mönche mit hochgekrempelten Ärmeln wuchteten einen großen Topf mit Suppe auf den Tisch. Der Abt nahm einen Löffel und füllte seinen Teller. Erst dann bedienten sich die Übrigen.

Wer an der Reihe war, füllte sich schnell auf und schaufelte eilig die Suppe in sich hinein. Ab und an wischten sie sich Reste aus dem Bart, brachen Brotstücke ab und kauten.

Nach all den Stunden mit knurrendem Magen wollte Gabriel dieses Festmahl genießen. Andächtig füllte er seinen Teller, nahm ein Stück Brot und begann, langsam zu kauen. Die Suppe schmeckte nach Anis und Rosmarin. Zucchinistücke, aber auch Auberginenscheiben und Zitronenstücke schmeckte er heraus.

Während die anderen aßen, als hätte jemand

den Startschuss zu einem Wettessen abgefeuert, sah sich Gabriel mit gefülltem Mund in dem uralten Refektorium um. Die Wände waren mit biblischen Szenen bemalt, an freien Stellen hingen Ikonen, die im Laufe der Jahrhunderte nachgedunkelt waren. Auch die Tischplatte mit ihren Einkerbungen und den durch den Gebrauch abgewetzten, glatten Stellen faszinierte ihn.

Gabriel beugte sich nach vorn, um sich ganz dem Essen zu widmen. Dann plötzlich ein schabendes Geräusch, alle Mönche blickten zum Abt. Der drückte seinen leeren Teller ein paar Zentimeter von sich und fuhr sich mit der Hand durch den grauen Bart. Auch die Mönche schoben ihre Teller zur Mitte des Tischs und erhoben sich zusammen mit dem Chef an der Stirnseite des Tisches.

Oh nein, bitte nicht, dachte Gabriel, der als Letzter aufstand und sehnsüchtig auf seinen gut gefüllten Teller blickte. Es erfolgte ein erneutes Gebet, ein Bekreuzigen, und schon strömten die Mönche aus dem Saal. Warum diese Hektik?

Gabriel überlegte, ob er sich ein Stück Brot vom Tisch klauben sollte, unterließ es aber.

»Und Sie sind also auf der Suche?«, wandte sich ein älterer Mönch ihm zu, als er im Freien stand.

»Das kann man so sagen.«

»Schön«, sagte der Mönch. »Das ist ein Anfang. Beginnen wir mit dem Licht.«

21.

»Und wenn wir den Influencer-Chef Andreas Curtius zur Rede stellen? Ihn von der griechischen Polizei festnehmen lassen?«

Sandra schüttelte den Kopf und nahm mit zu hohem Tempo eine Kurve um einen hervorstehenden Felsblock.

»So viel Zeit haben wir nicht. Außerdem wird er leugnen, etwas mit den Frauenmorden oder der Entführung von Sophia zu tun zu haben. Wenn er der Täter ist, dann weiß er, dass er mit Sophia ein Druckmittel in der Hand hält. Denn sie braucht ihr Insulin. Mal abgesehen von Wasser. Wie soll er sich um seine Gefangene kümmern, wenn er in einer Arrestzelle sitzt?«

Luca Linden breitete die Karte auf seinen Oberschenkeln aus und legte sein Handy darauf. Eingezeichnet war die von den Informatikern herausgearbeitete Route, entlang der sich das Handy des Verdächtigen an den verschiedenen Sendemasten des Funknetzes eingeloggt hatte.

»Sein Versteck kann hier überall sein. Was genau suchen wir?«

»Es muss ein Gebäude sein, ein Bunker, vielleicht ein verlassener Hof, eine Scheune, ein leeres Hotel …«

»Mit anderen Worten, eine Nadel im Heuhaufen.«

Sie fuhren mit dem Wagen Richtung Norden.

Luca Linden studierte die Karte und sagte plötzlich: »Idäische Grotte.«

»Liegt das auf der Route, die Curtius laut seinen Handydaten abgefahren ist? Und wie kommen wir dahin?«

»Gar nicht«, sagte Linden. »Liegt oben im Idagebirge auf 1538 Metern. Wegen der geringen Zahl an Funkmasten sind keine Handydaten vermerkt. Kein Empfang.«

Sandra überlegte und sagte dann: »Unwahrscheinlich. Wieso sollte er sein Opfer da hochschaffen?«

»Die Grotte wurde schon in minoischer Zeit als Kultstätte genutzt und gilt als der Ort, an dem der Göttervater Zeus seine Jugend verbracht hat.«

»Dürfen Touristen dort hin?«

Linden tippte in sein Handy und nickte dann.

»Die haben da kürzlich sogar eine Steintreppe eingebaut.«

»Er wird sich etwas Abgeschiedenes gesucht haben. Schließlich verbringt er eine längere Zeit mit seinen Opfern, bevor er sie tötet. Da passt das da vorn schon besser.«

Sie deutete auf ein Straßenschild, das einen Abzweig zum spätminoischen Friedhof von Armeni zeigte.

»Auch da könnten ihn Touristen stören!«

»Nicht in den Bereichen, in denen Grabungskampagnen stattfinden. Die werden nur selten durchgeführt, da könnte er sich eine nette Grabkammer gesucht und zu einem Gefängnis umgebaut haben.«

Luca Linden stöhnte auf.

»Wenn wir damit anfangen, jedes Erdloch auf der Insel zu durchsuchen ... Wir sollten strikt auf den Routen bleiben, die meine Jungs anhand der Handydaten ausgerechnet haben. Sonst haben wir überhaupt keine Chance.«

»Und genau deshalb sehen wir jetzt mal nach. Schließlich ist er mehrfach hier gewesen.«

Sandra fuhr von der Hauptstraße ab Richtung Armeni. Etwa einen Kilometer hinter dem Ort parkte sie auf einem kleinen Sandplatz. Das eiserne Tor zu Grabungsstelle war geöffnet, und unter Laubbäumen ging es zu den begehbaren Grabungsstätten.

Sandra stieg über eine Steintreppe hinab und befand sich in einem leeren Raum, in dem ein aus Stein gehauener Block stand. Er musste vor 3500 Jahren den Trauernden als Sitzgelegenheit gedient haben, die hier Abschied von den Verstorbenen nahmen.

Als sie wieder im Freien stand, sah sie sich nach

Linden um. Der stand am Eingang eines weiteren Grabes, dass einige Meter entfernt lag und sah auf sein Handy.

»Da liegen weitere verstreute Gräber«, sagte er. »Wollen wir die alle abklappern?«

Plötzlich trat ein älterer Mann auf sie zu. Er baute sich vor Sandra auf und kratzte sich den Bart.

»Na, wieder eine Odyssee in die Totenkammern geplant?«, fragte er.

Der Tropfen direkt über ihr zitterte leicht. Er hatte sich an einer verrosteten Eisenstrebe gebildet und wollte einfach nicht wachsen und herunterfallen. Irgendwo hinter ihr drang Licht in den Raum. Ein fahles Licht. Gerade so viel, dass sie schemenhaft die Wände erkennen konnte.

Wie lange lag sie schon auf diesem Feldbett? Und wie war sie hier hereingekommen? Sie erinnerte sich an ein Café, an eine Cola, an der sie genippt hatte. Daran, dass sie plötzlich einen Plan hatte. Ein wichtiger Plan, doch was der genau beinhaltete, wusste sie nicht mehr. Sie spürte das Nachwehen dieses Hochgefühls, das dieser Geistesblitz in ihr ausgelöst hatte.

Ihre Arme waren hinter ihrem Kopf an das Bettgestell gefesselt. Immer, wenn sie daran zog, spürte sie eine Erschütterung. Wenig später kam dann der Schmerz. Ihre Fesselung schnitt ihr ins Fleisch.

Sie versuchte, sich an den Mann zu erinnern, der neben ihr auf einem Hocker gesessen hatte und der behutsam und mit kreisenden Fingerbewegungen die

Creme in ihre Haut massierte. Er hatte ihre Bluse aufgeknöpft und achtete darauf, jede Stelle zu versorgen. Als er über ihre Brustwarzen gestrichen war, hatten sie sich aufgerichtet und ein Schauer war durch ihren Körper gelaufen.

Er redete nicht. Und auch sie hatte nichts gesagt, hatte es nicht einmal versucht. Ihre Zunge war geschwollen, und sie konnte sich nicht dazu aufraffen, etwas herauszubringen.

Intensiv roch sie das Parfum der Creme. Der Mann hatte kurz eine ihrer Insulinspritzen in die Höhe gehalten und sie fragend angesehen. Sie hatte genickt. Daraufhin hatte er ihr eine Injektion in den Bauch verabreicht. Anschließend war er sanft mit einem Stück Watte über die Einstichstelle gefahren.

»Du wirst schön sein«, hatte er gemurmelt. »Wenn es soweit ist, wirst du schön sein.«

Dann hatte er ihr Wasser eingeflößt und war gegangen. Sie hatte ihm noch etwas hinterherrufen wollen, doch sie hatte außer einem Stammeln nichts herausgebracht.

Der Tropfen über ihr wollte nicht herunterfallen.

Sie spürte ein Summen und sah dann die Fliege, die sich direkt auf die rostige Eisenstange setzte und sich putzte.

Vielleicht sind wir Menschen eifersüchtig auf Fliegen, dachte sie. Weil sie fliegen können und wir nicht. Weil sie die Welt von oben sehen und wir nicht. Weil sie schnell sind und wir nicht.

Die Fliege startete summend, und sie verlor sie aus den Augen. Den Kopf konnte sie nur wenige Zenti-

meter nach links und rechts neigen. Was hatte er ihr gegeben, dass ihre Muskeln den Dienst versagten? Sie hatte noch ein paar Stunden, und wenn es gut lief, ein paar Tage. So war er mit den anderen Frauen verfahren.

Die Fliege setzt sich auf eine Stelle unterhalb ihres Bauchnabels. Sie versuchte, sich zu konzentrieren. Konnte sie die einzelnen Beinchen spüren? Die Trippelschritte. Leckte sie an den Cremeresten?

Wie sah gleich noch der Rüssel einer Fliege aus? Wurde er nicht auseinandergerollt? Und wie sah das Insekt ihren Körper? Mit den tausenden Facetten ihrer Augen. Als ein Mosaik, das sich aus Farben bildete? Oder fiel es auseinander? In tausend Stücke? Löste sich der Anblick in dem Lichtstrahl auf, der in ihre Zelle fiel?

Wie lange mochte sie hier schon liegen?

Plötzlich erinnerte sie sich, wie sie den Wagen stoppte, weil sie plötzlich so unsagbar müde geworden war. Und sie sah das Bild vor sich, wie ihr Gurt gelöst wurde und zwei Arme sie vom Sitz hoben. Sie wurde in etwas hineingeschoben. Dann fiel wieder die Dunkelheit über ihre Erinnerungen. Und von deren Ende ging ein Sog aus. Etwas, das sie immer weiter in diese finstere Ferne zog. Sie krallte sich in die Decke, doch das andere zerrte immer stärker an ihr.

22.

Wolf Gabriel saß an einem hölzernen Tisch, der mit zahlreichen Intarsien versehen war. Vor ihm hatte ein leibhaftiger Abt Platz genommen und goss ihm Schnaps in ein Glas. Dann schob der bärtige Mann ein Schälchen mit Nüssen zu ihm hinüber.

Sie befanden sich in einem großen und lichten Raum. Außer ihnen waren dort sechs jüngere Mönche, die vor ihren Staffeleien saßen und mit feinen Pinseln Details auf ihre Ikonendarstellungen malten.

»Sie sind also gekommen, um etwas über das Taborlicht zu erfahren?«, fragte der Abt. Auch er sprach deutsch, allerdings mit einem osteuropäischen Akzent.

»Ja. Und über einen Ihrer Schüler.«

Der Mönch hob sein Schnapsglas und bedeutete Gabriel, ebenfalls zu trinken. Es den Mönchen gleich zu tun, hatte ihm der Gästemönch bei seiner Ankunft geraten. Also stürzte auch er das Glas herunter und knabberte dann ein paar Nüsse.

»Es gibt viele Dinge, die wir nicht verstehen«, sagte er. »Deshalb gibt es klare Regeln derjenigen, die weiser sind als wir.«

»Sie meinen genaue Vorschriften, wie solch eine Ikone auszusehen hat?«

»Manche von ihnen üben eine große Heilwirkung auf Menschen aus. Andere helfen bei der spirituellen Weiterentwicklung. Und es gibt sogar einige, die heilige Visionen auslösen.«

»Wunder auf Bestellung?«

Der Abt lachte laut auf und warf dabei seinen Oberkörper zurück. Einige der Mönche blickten zu ihnen herüber, beeilten sich aber, ihren Blick wieder auf ihre Bilder zu heften.

Gabriel setzte nach.

»Abstände der Personen zueinander, die Gesichtsausdrücke, die Farbe der Kleidung ... alles ist vorgegeben?«

»Es ist abhängig vom Motiv. Aber ja, da gibt es genaue Vorschriften.«

»Und wie ist es jetzt bei der Darstellung des Taborlichts?«

Der Abt machte ein ernstes Gesicht.

»Das geht zurück auf unseren Bruder Gregorios Palamas, der hier im 14. Jahrhundert lebte. Er erhob die Schau des Taborlichts, das die drei Apostel Petrus, Jakobus und Johannes bei der Verklärung Jesu sahen. Dieses Licht zu erblicken, ist eine göttliche Gnade. Es wird jenen zuteil, die sich darin üben, das Jesusgebet zu wiederholen. Und sie müssen rein sein.«

»Es erstrahlt bei jemanden …«

»Nein«, sagte der Mönch. »Das Taborlicht ist unerschaffen, deshalb handelt es sich um eine unmittelbare Erfahrung Gottes.«

»Es tut mir leid, wenn ich die Feinheiten nicht verstehe, aber werden Ikonen mit der Darstellung dieses Lichts in Ihrer Werkstatt geschaffen?«

Der Mönch nickte.

»Und gab es einen jungen Mann, dem dieses Licht besonders wichtig war? Ein Schüler, ein Novize?«

Das Gesicht des Abts verdunkelte sich.

»Sein Name ist Michalis. So hat er sich genannt. Einer der Talentiertesten, die ich je erlebt habe. Aber er war störrisch, nicht bereit zu dienen. Hatte ein Problem mit dem Gehorsam. Er hätte die drei Jahre bis zur Mönchsweihe nie durchgehalten.«

»Und was, wenn er einer der Weisen war, die die Dinge *gesehen* haben? Jemand, der genau wusste, warum er die Darstellungen anders machte?«

Der Abt beugte sich nach vorn und sagte mit gedämpftem Tonfall: »Ich habe ihn geprüft. Ich habe ihn hier hinausgeworfen und zu einem Bruder geschickt, der sich um die Esel kümmert. Wäre Michalis vom Geist berührt worden, hätte er die Aufgabe freudig übernommen.«

»Er hat sich geweigert?«

»Oh nein. Er hat sich liebevoll den Tieren zugewandt, doch dann hat er trotz des Verbots weitergemalt. Ich habe ihn ermahnt. Der Bruder, in dessen Haus er lebte, erzählte mir, dass er nachts kaum ein Auge zugedrückt hat. Unablässig gemurmelt hätte Michalis. Wie eine aufgeregte Streiterei hätte sich das angehört.«

»Und was ist aus ihm geworden?«

»Eines Tages war er verschwunden. Das war zu erwarten. Mögen Gott und die Heilige Jungfrau Maria mit ihm sein, und ihm helfen, seine verwirrten Gedanken zu ordnen.«

»Seinen bürgerlichen Namen wissen Sie nicht?«

Der Mönch schüttelte den Kopf.

»Das interessiert uns hier wenig.«

»Und was genau war das Besondere an seinen Darstellungen?«

Der Mönch bat ihn, ein paar Minuten zu warten und verließ den Raum. Einer der Mönche, der seine rechte Hand mit dem Pinsel auf einem schräg über die Skizze gelegten Malstock abstützte, schielte zu ihm herüber und ließ plötzlich die Zungenspitze aus dem Mund fahren. Dann fuhr er sich damit anzüglich über die Zähne und lächelte ihn an.

Davon, dass auf Athos homosexuelle Neigung nicht eben unüblich waren, hatte er gehört. Von derartigem offensichtlichen Flirten eher nicht.

Er senkte den Blick auf die Nüsse und begann, sie durchzuzählen.

Zehn Minuten später trat der Leiter der Bruderschaft wieder an seinen Tisch.

»Sehen Sie«, sagt er und wickelte eine Ikone aus einem Stofftuch.

Gabriel betrachtete das Bild, dass der Skizze ähnelte, die sie am Hotelfenster des ermordeten Leon van Kracht gefunden hatten.

Im Zentrum war Jesus zu erkennen, der von Strahlen beleuchtet wurde und selbst ein Licht ausstrahlte, das ins Bläuliche wechselte. Neben ihm standen zwei Apostel, die sich vor ihm verneigten, und darunter kauerten Männer, die von den bläulichen Lichtstrahlen berührt wurden. Seltsam waren zwei Töpfe mit Pflanzen, die ebenfalls mit Lichtstrahlen in Berührung kamen und die aussahen, als hätte sie jemand aus einem Fenster geworfen.

»Der Fehler sind die Pflanzentöpfe?«, fragte Gabriel.

Der Abt schüttelte den Kopf.

»Nein, das ist in Ordnung. Sie stellen die äußere Welt und das Wachstum dar.«

»Stimmt etwas mit den Lichtstrahlen nicht?«

»Die sind perfekt. Ich hatte noch nie einen Schüler, der das so hinbekommen hat. Dieses Strahlen von innen heraus. Aber sehen sie sich den Apostel zu seiner Rechten an. Er und unser Herr ... Sie sind einander vollkommen zugewandt. Fast innig.«

»Und weiter?«

»Sehen Sie nicht die weichen Gesichtszüge und den Ansatz einer weiblichen ...«

Der Abt bekreuzigte sich.

»... Brust bei dem Apostel?«

Gabriel schob den Kopf dichter heran. Kein Zweifel. Der Maler hatte dem Apostel weibliche Züge verpasst. Und dann sah er noch etwas, was vollkommen ungewöhnlich war. Er zog seine kleine Diamantenlupe aus der Tasche und besah sich die Stelle genauer. Kein Zweifel. Was er da in zehnfacher Vergrößerung vor sich sah, verschlug ihm den Atem.

»Andreas Curtius war tatsächlich an dieser antiken Begräbnisstätte und hatte mit seinen Teilnehmern ein Anti-Angst-Training veranstaltet«, sagte Linden. »Soweit hat meine Übersetzungs-App den alten Mann verstanden.«

»Echt gruselig«, sagte Sandra. »Curtius scheint sich an der Angst anderer Menschen zu weiden.«

»Und was jetzt?«, fragte Luca Linden.

Sandra antwortete nicht, sondern faltete auf dem Lenkrad die Kreta-Karte auseinander.

»Es gibt tausend Verstecke. Und es besteht die Möglichkeit, dass Curtius sein Handy ausschaltet, wenn er sich dem Ort nähert, an dem er die Frauen gefangen hält.«

»Und nicht nur das«, sagte Luca Linden. »Vielleicht war er nur zufällig in den gleichen Handyfunkmasten eingeloggt wie Sophia.«

»Wir können jetzt nicht aufgeben. Das ist ausgeschlossen.«

Luca Linden stieg aus dem Wagen und vertrat sich die Beine. Vor ihm bildete sich eine Touristengruppe, die am Rande der Imbros-Schlucht die Felsformationen hochsahen. Einige machten Aufnahmen mit ihren Handys und verschwanden dann wieder in ihren Fahrzeugen.

Sandra trat auf Linden zu und blickte nachdenklich auf ihr Handy. War die Funkspur, die das Handy hinterlassen hatte, trügerisch, weil es womöglich im Verlies, in dem Sophia eingesperrt war, gar keinen Empfang gab?

Lindens Handy klingelte.

»Was?«, sagte er plötzlich und winkte Sandra zu sich heran.

»Verstehe, schickt mir seine aktuelle Position auf das Handy. Geht das?«

Linden hörte zu, sagte dann: »Einverstanden« und unterbrach die Verbindung.

»Neuigkeiten?«, fragte Sandra.

»Der Glücksgott ist mit uns«, sagte Linden. »Das Handy ist eingeloggt und bewegt sich.«

Dann piepte sein Handy, und Linden öffnete seine Mailbox.

»Ich muss eine App runterladen, warten Sie ...«

Er tippte etwas ein, dann stand er steif da und starrte auf das Display des Handys.

»Sehen Sie sich das an«, sagte er und zeigte Sandra das Display. Eine Karte Kretas mit einem kleinen, roten Punkt, der sich langsam bewegte.

»Er ist gar nicht so weit weg.«

Sie stürzten zum Wagen und Sandra gab Gas, so dass die Räder durchdrehten und einen Steinhagel nach hinten abschossen.

Sandra schnitt die Kurven und hätte fast einen Fiat von der Straße gedrängt.

»Überleben möchte ich das schon«, sagte Linden.

»Informieren Sie die griechische Polizei«, sagte Sandra.

Linden rief die Nummer des Kommissariats an, die Sophia ihnen gegeben hatte.

Auf Englisch machte er den Kollegen klar, dass es um seine Kollegin Sophia und ihren mutmaßlichen Entführer ginge und dass sie den Mann verfolgten. Dann gab er ihre Position durch.

»Wir dürfen das nicht vermasseln«, sagte Sandra. »Hat er Sie verstanden?«

»Keine Ahnung.«

Der rote Punkt auf dem Display von Lindens Handy bewegte sich kaum noch. Linden vergrößerte das Bild und sagte: »Sieht so aus, als wäre er jetzt zu Fuß unterwegs.«

Eine weitere Viertelstunde später passierten sie ein militärisches Gelände. Es gab zwar Warnschilder, die auch hier ein striktes Fotografierverbot verkündeten, doch der Maschendrahtzaun war verrostet und das Gelände dahinter verwaist.

»Wurde wahrscheinlich aufgegeben«, sagte Linden.

»Wo es Militär gibt, gibt es Bunker.«

Tatsächlich stand vor dem Haupttor ein silberner Opel. Sandra fuhr im normalen Tempo an ihm vorbei und hielt Ausschau. Niemand zu sehen.

Sie parkte den Wagen hundert Meter weiter.

Leicht gebückt schlichen sie am Zaun entlang zurück zum Haupteingang.

Sandra gab Linden ein Zeichen und zeigte auf ein Loch im Maschendraht.

»Wir sollten auf die Polizei warten«, sagte er.

Sandra schüttelte entschlossen den Kopf.

»Was ist, wenn er ihr kein Insulin gegeben hat? Sie stirbt an einem Zuckerschock. Wir können nicht warten.«

Linden stöhnte. Sie schlüpften auf das Militärgelände, und Linden drehte sich mit dem Handy einmal um die eigene Achse.

»Da entlang«, sagte er und zeigte auf einen kleinen Hügel.

»Hat die Polizei gesagt, wie lange sie brauchen wird?«

»Ich bin mir nicht mal sicher, ob sie mich verstanden haben. Ich habe ihnen gesagt, sie sollen mein Handy orten, wenn sie meine Beschreibung nicht verstanden haben. Haben Sie eine Waffe dabei?«

Sandra schüttelte den Kopf. Dann ging es weiter in Richtung des Erdhügels.

»Da«, sagte Linden und deutete auf eine schräg in die Erde eingelassene Holzklappe.

Linden hob einen der Türflügel an und ließ ihn wieder heruntergleiten.

»Moment«, flüsterte er und lief ein paar Meter weiter. Er bückte sich und kam mit einem verrosteten Eisenrohr in der Hand zurück.

Mit der Linken öffnete er die Holzluke und Sandra schlüpfte hinein.

Gerade gelandet, versuchte Gabriel noch am Flughafen, Sandra zu erreichen, doch die musste sich in einem Funkloch aufhalten. Er fluchte und winkte vor dem Eingang ein Taxi heran. Er brauchte einige Zeit, um dem Fahrer zu erklären, wohin er wollte. In Chania musste er ihm dann doch den Weg weisen. Gott sei Dank war mit seinem Orientierungssinn alles in Ordnung.

Nach etwas mehr als einer Stunde Fahrt stieg er aus dem Wagen und betrat die Villa.

»Alle am Strand, oder was?«, murmelte er und öffnete die Terrassentür. Mutter stürmte auf ihn zu und sprang an ihm hoch. Gabriel bückte sich und strich ihr über den Kopf.

»Haben sie dich allein gelassen?«, sagte er.

Er nahm einen ungewöhnlichen Geruch wahr. Er ging dichter an die Schnauze der Labradorhündin.

»Was hast du gefressen?«, sagte er und sah sie streng an. »Das ist nie und nimmer Hundefutter. Es riecht nach Zahnpasta! Hat dir jemand die Zähne geputzt?«

Mutter schlug die Augen zu Boden und legten sich schuldbewusst auf die Vorderpfoten.

Gabriel suchte auf dem Schreibtisch nach einer Nachricht, doch außer ein paar verstreuten Notizen war nichts zu finden. Er rief Sandra an, doch wieder meldete sich der Anrufbeantworter. Das Gleiche passierte, als er die Nummer von Linden drückte. Also ging er zusammen mit Mutter hinüber zum kleinen Gartenhäuschen.

Er öffnete die Tür und rief nach Linden.

Hinter ihren Bildschirmen sahen die beiden Informatiker hervor und musterten ihn verwundert.

Die beiden sahen aus, als hätten sie seit ein paar Tagen nicht geschlafen. Dunkle Augenringe, die Gesichtshaut fahl und fleckig, die Blicke flackernd. Und sie hatten einen Ausdruck im Gesicht, als hätte er sie bei irgendetwas Verbotenem ertappt.

»Wo sind Linden und Sandra?«, fragte Gabriel.

»Sie fahren die Orte ab, an denen sich das Handy von Andreas Curtius eingeloggt hat«, sagte Stefan Wagner.

»Andreas Curtius?«, wiederholte Gabriel.

Sandra und Linden schalteten ihr Handylicht ein. Vor ihnen führte eine Stahltreppe, die im nackten Fels verankert war, in die Tiefe. Modriger Geruch von faulendem Holz und Erde schlug ihnen entgegen.

Luca Linden hob kurz seine Eisenstange, nickte Sandra zu und drückte sich dann an ihr vorbei.

Sandra folgte leicht gebückt. Hoffentlich hatte die griechische Polizei Linden verstanden. Wiederholt ertappt sie sich dabei, wie sie instinktiv und vergeblich nach ihrer Pistole tastete.

Sicher wäre es besser gewesen, abzuwarten, doch das Leben Sophias stand auf dem Spiel.

Sie hielt sich dicht hinter Linden, der jeden seiner Tritte behutsam aufsetzte, um ja keinen Lärm zu machen. Auch den Lichtstrahl hielt er auf den Boden gerichtet.

Die Treppe endete auf einem metallenen Plateau, von dem ein betonierter Tunnel weiter ins Innere des Hügels führte. Wenn sie richtig schätzte, mussten sie sich jetzt vier bis fünf Meter unterhalb des Erdbodens befinden.

Kleine Rinnsale von Wasser liefen an den betonierten Röhren entlang, dann erschien eine Stahltür, auf der ein Schild mit griechischer Schrift angebracht war. Sie sah Linden fragend an, doch auch der zog nur die Schultern hoch und drückte vorsichtig die Klinke herunter.

In den Geruch mischte sich etwas Süßliches. Auch das Summen einer Entlüftungs- oder Klimaanlage nahm Sandra wahr. Sie lief weiter den Gang entlang bis zu einer weiteren Tür. Das surrende Geräusch wurde lauter. Wurde in diesem unterirdischen Verlies Sophia versteckt gehalten?

Luca Linden zog die Tür auf und wich unvermittelt zurück. Auch Sandra traf der gleißende Lichtstrahl mit voller Wucht. Instinktiv riss sie die Hand vor die Augen. Ihr Handy fiel scheppernd auf den Boden.

Als sich ihre Augen an die Helligkeit gewöhnt hatten, erkannte sie herunterhängende Pflanzenlampen. Darüber ein verzweigtes Rohrgestänge, von dem Wassertropfen auf Hunderte von Cannabispflanzen herunterfielen, die in einem Hochbeet gepflanzt waren. Feuchte Wärme schlug ihr entgegen.

Andreas Curtius stand an einem breiten Holztisch und begutachte mit einer Lupe einen Schössling.

Sandra sah sich nach weiteren Gängen oder Türen um. Fehlanzeige. Trotzdem passte etwas gar nicht in die Situation. Wenn Curtius nicht völlig taub war, musste er gehört haben, wie ihr Handy auf dem Boden aufschlug. Wieso hatte er nicht reagiert?

Curtius hantierte weiter mit seiner Cannabispflanze und roch dann an einem Reagenzglas. Was tun? Sie hatte nicht mal Handschellen dabei! Sophia!, dachte sie. Vorsichtig schlich sie sich zu einem Metallkasten, in dem sich die Stromversorgung und vielleicht auch die Klimaanlage befinden musste.

Linden wedelte mit seiner Eisenstange und versuchte, ihr zu signalisieren, abzuwarten. Sandra schüttelte den Kopf.

Sie näherte sich vorsichtig und plötzlich sah sie es: Aus den Ohren von Andreas Curtius baumelten die Enden weißer Kopfhörer. Sie musterte die Wand, macht dann zwei Schritte rückwärts, doch nichts deutete auf Nebenräume hin.

Dann trat sie gegen einen Emaille-Behälter, der scheppernd umfiel.

Andreas Curtius zuckte zusammen, riss sich die Kopfhörer aus den Ohren und entdeckte Sandra. Instinktiv warf er das Reagenzglas und die Pipette, die er in der anderen Hand gehalten hatte, von sich und stürmte zum Ausgang.

Luca Linden war so überrumpelt, dass er mit seiner Stange in die Luft schlug und dann von Curtius beiseite gestoßen wurde.

»Nicht«, sagte Sandra, als sie sah, dass Linden herumwirbelte, um den Mann zu verfolgen.

»Wir müssen Sophia finden!«

Gemeinsam suchten sie die Betonwände ab, doch ein Durchgang war nicht zu finden. Auch auf dem Boden gab es keine eingelassenen Klappen oder Ähnliches.

»Und jetzt?«, sagte Linden.

»Sehen wir, wo er uns hinführt. Sie haben doch sein GPS-Signal?«

»Das sage ich Ihnen, wenn wir aus diesem Loch wieder raus sind.«

23.

Das Hauptquartier der griechischen Polizei war in einem langgezogenen, zweistöckigen Gebäude untergebracht. Gabriel sah hinüber zur Autobahn, die sich nur zweihundert Meter entfernt an dem Gelände vorbeizog. Eine schöne Aussicht hatten die Kreter ihren Polizisten nicht spendiert.

Mutter sah mit ängstlichem Blick zu den Wagen, die um diese Uhrzeit wie an einer Perlenschnur aufgereiht Richtung Innenstadt brausten.

»Hier will man nicht freiwillig her«, sagte Sandra. »Sieht eher aus wie ein Knast.«

Bläuliches Licht drang durch die Fensterfronten nach außen, und teilweise waren Schreibtisch, Regale und einzelne hin- und herlaufende Beamte zu erkennen.

»Kann ja nicht jeder so einen todschicken Archivkeller haben wie wir,«, sagte Gabriel.

Sie stiegen die sieben Marmorstufen des Aufgangs hinauf und Gabriel zog die Glastür auf, die zwischen zwei roten Säulen den Zugang in das Innere erlaubte. An einem Empfangstresen zeigte er den Zettel vor, den die griechischen Kollegen ihm per E-Mail geschickt hatten.

Der Beamte runzelte die Stirn, griff dann zum Telefon und sprach mit jemandem am anderen Ende der Leitung. Gabriel hatte den Eindruck, als würde der Beamte mehrfach nachfragen. Als er aufgelegt hatte, versah er das Papier mit einem Stempel, schrieb zwei Zahlen darauf und schickte Gabriel mit einer Handbewegung den Flur entlang.

Zweimal zeigte er das Dokument Beamten in Uniform, bis ein Mann mit hochgekrempelten Ärmeln sie ins Schlepptau nahm und in den zweiten Stock führte.

»Ah, Sie haben mich gefunden«, sagte der deutschsprechende Kollege Sophias und gab Sandra und ihm die Hand.

Mutter rollte sich sofort unter einem der leeren Schreibtische zusammen.

»Sie hat ein Ding mit Schreibtischen am Laufen«, sagte Gabriel.

»Wie bitte?«, fragte der Beamte.

»Ach nichts«, sagte Gabriel und nickte in Richtung der Scheibe, die einen Blick in den Verhörraum erlaubte.

»Hat er etwas gesagt?«

»Kreuzt die Arme und schweigt«, sagte der Beamte. »Wir nehmen einen neuen Anlauf. Kommen Sie.«

Nachdem Lindens Informatiker ihre Echtzeit-GPS-Ortung an die griechische Polizei weitergeleitet hatte, brauchten sie nur zwei Stunden, um Andreas Curtius in Agia Galini festzunehmen. Die Beamten vermuteten, dass er sich dort mit einem Fischerboot auf die Insel Gavdos übersetzen lassen wollte. Wie es von dort weitergehen sollte, war unklar. Die einzige Möglichkeit bestand darin, dass ihn jemand mit einem Privatboot abholte, schließlich konnte er es nicht riskieren, eine Fähre zu nehmen.

Wolf Gabriel und Sandra setzten sich und verfolgten das Verhör. Sehen konnte Curtius sie wegen der einseitigen Verspiegelung des Fensters nicht.

Er saß auf seinem Stuhl und starrte auf die Tischplatte. Der griechische Polizist betrat den Raum und sagte: »Haben Sie es sich überlegt?«

»Was überlegt?«

»Ob Sie mit einem Geständnis ihr Strafmaß reduzieren wollen oder nicht?«

»Ich habe nichts zu gestehen. Das bisschen Dope-Anbau, ok. Aber mit den Morden habe ich nichts zu tun.«

»Wir haben eindeutige Indizien. Aber bevor wir hier weitermachen: Wollen Sie denn für den Mord an einer Polizistin mit verantwortlich sein oder nicht?«

»Ich sagte bereits, ich habe mit den Morden nichts zu tun.«

»Aber noch können wir die junge Kollegin retten. Überlegen Sie sich gut, ob Sie uns sagen, wo sie ist.«

»Ich weiß nichts von einer griechischen Polizistin.«

»Wie kommt es dann, dass Ihr Handy mehrfach ausgerechnet dort eingeloggt war, wo sich die Kollegin bei ihrem Verschwinden befand?«

Curtius hob überrascht die Lider, schloss sie aber gleich wieder und schüttelte den Kopf.

»Das kann nicht sein«, sagte er.

Der Polizist schob ihm ein Foto auf die andere Seite des Tisches, das Sophia zeigte.

Der Agenturchef blickte kurz auf, schüttelte den Kopf und sagte: »Kenn ich nicht. Das ist alles ein riesiger Irrtum. Klagen sie mich wegen der Pflanzen an, aber ich habe keinen Mord begangen.«

»Die Kollegin war Ihnen auf den Fersen, stimmt's? Da haben Sie sich gedacht ...«

»Ich habe mir gar nichts gedacht. Ich kenne die nicht!«

»Warum hassen Sie Frauen?«, fragte der Polizist.

Curtius verzog sein Gesicht zu einem Grinsen.

»Frauen hassen? Seit wann das denn?«

»Warum bringen Sie die jungen Frauen um? Warum verstümmeln Sie ihre Körper?«

Curtius blickte den Polizisten entsetzt an.

»Sie halten mich für diesen Serienkiller? Ist das ihr Ernst? Ich vögle mit ihnen und ja, manche waren verdammt jung.«

»Sie meinen die Teilnehmerinnen Ihrer Kurse?«

»Ja. Aber minderjährig war keine.«

»Verstehe. Sie lieben die Frauen.«

»Was soll das heißen: Ich liebe die Frauen? Ich hasse sie nicht. Frauen sind Frauen, und ich bin hetero, wenn Sie das meinen.«

»Dann erklären Sie mir, warum Ihr Handy sich so oft in der Nähe meiner Kollegin befand.«

»Keine Ahnung.«

Der Polizist griff in die Ledertasche, die er neben sich auf den Boden gestellt hatte und zog ein in einer Plastiktüte eingepacktes Handy hervor.

»Das ist doch Ihr Handy?«

Andreas Curtius schickte einen flüchtigen Blick zum Handy, musterte es dann genauer und blieb daran hängen. Plötzlich hellte sich sein Gesicht auf.

»Sie meinen das Firmenhandy!«

Curtius atmete hörbar aus.

»Da haben sie jetzt aber gleich einen Haufen mehr Verdächtige. Das Handy wird von allen Mitarbeitern und manchmal von den Kursteilnehmern genutzt. Es liegt meist am Tresen, wenn es nicht gerade mitgenommen wird.«

»Das wollen Sie mir verkaufen?«

»Das ist so.«

»Ich glaube Ihnen kein Wort. Warten Sie einen Moment.«

Der Polizist erhob sich, schob die vor ihm liegenden Papiere zusammen und verließ das Verhörzimmer. Curtius warf einen entnervten Blick zur Decke.

Wenige Sekunden später trat der Polizist in den

Raum, in dem Gabriel und Sandra vor dem Spiegel saßen. Mutter sah erschrocken hoch, legte sich dann aber wieder auf den Boden.

»Und was denken Sie, Gabriel? Ist das unser Mann?«

»Wir haben keine Zeit für Spielchen«, sagte Gabriel. »Entweder gibt er hier eine bühnenreife Fassung von ›der Ahnungslose‹, oder er hat tatsächlich nichts mit den Frauenmorden zu tun. Das passt alles nicht zusammen.«

»Versuchen wir weiter, ihn weichzukochen?«

»Wir verkürzen das«, sagte Gabriel.

Er griff zu einem vor ihm auf dem Bord liegenden Papierblock und einem Kugelschreiber. Dann marschierte er in das Verhörzimmer.

»Sie?«, sagte Curtius. »Ich hab mir schon gedacht, dass Sie nicht weit weg sein können. Machen Sie diesen Leuten klar, dass sie auf dem Holzweg sind!«

Gabriel warf den Notizblock auf den Tisch.

»Ich möchte, dass Sie mir den Grundriss ihres Pflanzbunkers aufzeichnen.«

»Warum sehen Sie ihn sich nicht an?«

»Skizzieren Sie die Form und die Anordnung der Cannabisbeete.«

»Und was soll das?«

»Machen Sie schon!«, sagte Gabriel.

Curtius zog Stift und Block zu sich heran und malte einen großen Kreis. Dann fügte er längliche Striche hinein.

»Zwölf Beete mit je acht Pflanzen«, sagte er. »Soll

ich es Ihnen aufschreiben?«

Gabriel zog ihm die Skizze und den Stift weg und verließ damit das Verhörzimmer.

»Und was sollte das jetzt?«, wollte der griechische Polizist wissen, als er wieder den Nebenraum betrat.

»Sehen Sie sich das an. Selbst Kinder kriegen so etwas besser hin.«

»Und das bedeutet?«

»Dass er das nicht sein kann. Unser Täter hat im Hotelzimmer von van Kracht eine Zeichnung hinterlassen, die große Kunstfertigkeit zeigt.«

»Und wenn er die gar nicht selbst gezeichnet hat?«

»Ich bin ganz sicher, dass es der Täter war. Ich weiß sogar, wie sein Mönchsname lautet.«

Sandra sah ihn erstaunt an und sagte: »Athos? Er war dort?«

Sie saßen in einer Taverne am Hafen von Iraklion. Vor ihnen stampften Frachter und Fähren durch das Wasser. Am Kai wurden Fischerboote mit Kanistern und Netzen beladen.

Dahinter reihten sich die Pick-ups der Fischer, auf deren Ladeflächen weitere Netze, Kanister und abgegriffene Plastiktüten lagen.

Auf ihrem Tisch dampfte eine Terrine Fischeintopf, und daneben stand ein Teller mit gebratenen Anispilzen und griechischer Salat mit einem großen Stück Feta. Die Wirtin hatte sie vorher in die Küche geführt und die Deckel der dort vor sich hin köchelnden Töpfe gehoben. Mit einem Nicken hatte Gabriel unterschiedliche Gerichte bestellt.

»Echte griechische Küche«, sagte Gabriel zu Sandra.

Dann biss er in ein Stück gefüllten Fisch.

»Was ist das?«, fragte Sandra.

»Na, Muräne. Eine Spezialität.«

»Ich frage lieber nicht weiter«, sagte Sandra. »Der Serientäter, den wir suchen, war also auf Athos?«

»Zweifellos. Er wollte sich als Ikonenmaler ausbilden lassen.«

»Und, Chef? Machen Sie es nicht so spannend.«

»Er hatte eine Menge Schwierigkeiten. War nicht bereit, die Vorgaben für die Malerei einzuhalten.«

»Was für Vorgaben?«

»Das ist kompliziert. Jedenfalls hat er aus Aposteln Apostelinnen gemacht. Ist wohl das Schlimmste, was man sich auf Athos einfallen lassen kann.«

»Und das wurde nicht geduldet.«

»Frauen sind auf Athos tabu. Mit Ausnahme der Mutter Maria.«

»Na, großartig.«

»Man hat ihn dann bei einem anderen Mönch untergebracht, der sich um die Esel gekümmert hat. Von da ist er spurlos verschwunden.«

»Andreas Curtius fällt also aus?«

»Ich habe zur Sicherheit ein Foto von unserem Influencer-Guru zur Kirchenverwaltung geschickt, aber bis die antworten, kann es ewig dauern. Die ticken nach einer anderen Zeitrechnung. Ich bin ziemlich sicher, dass er es nicht ist.«

»Wegen seiner unbeholfenen Krakelei auf dem Papier? Sowas kann man vortäuschen.«

»Wir müssen unsere Suche anders angehen.«

»Er malt also Frauen auf die Ikonen. Lädt Todsünden auf sich, indem er aus Aposteln Frauen macht.«

Gabriel nickte und trank einen Schluck Retsina.

»Aber wie soll das zusammenpassen? Er fügt Frauen in heilige Bilder ein, führt sie damit vor das Angesicht Gottes …«

»Sandra, es reicht, wenn *ich* theatralisch bin. Das Angesicht Gottes!«

»Na das macht er doch. Was wenn …«

»Ich habe auf seinen Ikonen etwas Besonderes entdeckt. Er hat ihnen einen Hintergrund aus Haut verpasst. Eine unfassbare filigrane Ausführung. Wenn man das mit der Lupe betrachtet, kann man sogar die einzelnen Poren und Härchen erkennen. Weiße, fast durchscheinende, und ich würde sagen, weibliche Haut. Oder besser: Hautfetzen. Er muss das mit einem Haar gemalt haben.«

Sandra hatte die Augen aufgerissen und setzte abrupt die Colaflasche auf den Tisch.

»Der ist irre«, sagte sie. »Er zerstückelt, was er liebt.«

»Ja, aber eben nicht gleich. Er bereitet die Mädchen vor.«

»Indem er ihre Haut mit Creme pflegt. Sie vorbereitet.«

»Er will sie tatsächlich Gott darbringen. Nicht als Opfer, sondern als Geschenk. Oder besser: als Bitte, sie wieder in den engeren Kreis aufzunehmen.«

»Ja«, sagte Sandra. »Das passt. So ein Geschenk muss rein sein. Also schneidet er ihnen die Tattoos heraus und ersetzt sie durch Kreuze.«

»Als Zeichen der Demut«, sagte Gabriel. »Und weil die Tattoos für ihn so etwas wie Aberglauben sind. Dämonisch.«

»Aber wie hilft uns das jetzt weiter? Wir müssen Sophia finden!«

»Ich glaube, da gibt es einen Weg«, sagte Gabriel, zog sein Handy heraus und wählte die Nummer von Luca Linden.

»Linden, du musst deine Leute aktivieren. Sie sollen abgleichen, ob das Handy sich oft in der Nähe einer Apotheke oder Drogerie eingeloggt hat. Er braucht Insulin, also eher Apotheken. Und dann sollen sie herausfinden, ob es in der Nähe alte Kirchen, Kapellen oder ähnlich Religiöses gibt.«

»Ich werde sie nachher fragen«, sagte Linden.

»Jetzt gleich!«, sagte Gabriel. »Sag ihnen, ich erschieße sie, wenn sie sich jetzt nicht ins Zeug legen. Nein, sag ihnen das nicht. Sag ihnen, ich nehme ihnen ihre verdammten Computer weg.«

»Was machen wir mit Kriminalrat Becker?«, fragte Sandra, als Gabriel das Gespräch beendet hatte. »Er hat schon zwei Tage nicht mehr angerufen.«

»Klingt gefährlich. Er wird überlegen, wie er mich loswird. Wir werden ihn mit unserem Erfolg erpressen.«

»Und was heißt das, Chef?«

»Sollten wir diesen Serientäter kriegen, wird man fragen, was ein deutscher Hauptkommissar damit zu tun hat.«

»Amtshilfe«, sagte Sandra.

»Das können wir auch anders nennen.«

»Und zwar?«

»Private Ermittlungen im nicht genehmigten Auftrag eines Vorgesetzten.«

»Soweit würden Sie gehen, Chef?«

»Was habe ich zu verlieren? Sie sind da ja eh raus. Sie sind in Urlaub.«

Nach anderthalb Stunden klingelte Gabriels Telefon.

»Die Jungs haben da etwas gefunden. Die Apotheke ist in einer kleinen Ortschaft auf der Strecke nach Sitia.«

»Und was gibt es da in der Nähe?«

»Keine Kirchen, keine Kapellen, auch keine Militärbunker oder verlassene Olivenöl-Fabriken.«

»Komm schon, Linden, irgendwas muss da sein.«

»Eine alte Grotte aus frühchristlichen Zeiten. Der Legende nach wurde sie während der Christenverfolgung von Gläubigen als Gebetsort genutzt. Sie war in den 1980er Jahren sogar Touristenattraktion. Treppen wurden eingebaut und ein paar Wände verstärkt. Um 2000 wurde dann alles von einem Erdbeben zerstört. Keine Ahnung, ob die überhaupt begehbar ist.«

»Oder begehbar gemacht wurde«, ergänzte Gabriel.

Der Kellner brachte Mutter ein Schälchen mit Wasser. Sie zuckte zurück, schnupperte daran und sah den Kellner dann geradezu verliebt an. Gabriel war erstarrt, als er die Szene beobachtete. Klar, das war es! Wieso war ihm das nicht früher aufgefallen? Hatte die südliche Sonne schon sein Hirn ausgetrocknet?

»Sandra, ich weiß, wer unser Mann ist!«

»Der Serienkiller?«

»Richtig.«

»Und woher wissen Sie das plötzlich? Hatten sie eine Vision?«

»Viel besser«, sagte Gabriel. »Mutter hat mich darauf gebracht.«

Eine Stunde später stoppte Sandra den Wagen neben einer weiß getünchten Kapelle. Sie lag auf einem Felsvorsprung, hinter dem es hinunter zum Meer ging. An einem Schotterweg standen Warnschilder, die vor dem Abrutschen auf dem porösen Untergrund warnten. Ein drittes Schild zeigte zwei Wanderer, die rot durchkreuzt waren.

»Kommen wir mit unseren Schuhen da runter?«, fragte Gabriel.

»Schade um meine Sneaker«, sagte Sandra und hob ihren rechten Fuß.

»Wir müssen es riskieren«, sagte Gabriel und

fügte ein »Scheißegal« hinzu. Die angeleinte Labradorhündin blickte skeptisch auf den Pfad.

»Bloß nicht ziehen!«, sagte Gabriel zu der Hündin.

Die ersten zehn Meter machten ihnen keine Probleme, dann wurde es steiler. Gabriel mühte sich, auf keinen Fall die Abgründe hinunterzusehen. Die Felswände fielen nur anderthalb Meter neben der Schotterpiste steil ins Meer hinab.

»Alles in Ordnung?«, sagte er, ohne sich umzusehen.

»Aye, aye, Captain«, erwiderte Sandra.

Gabriel griff nach einer verrosteten Strebe, die aus der Zeit stammen musste, als die Höhle zugänglich war.

»Wenn es zu steil wird, robben wir auf dem Hintern da runter«, sagte Sandra.

Gabriel ging leicht in die Hocke, um sich an einem Felsen abzustützen.

»Irgendwie müssen die Gläubigen da früher runtergekommen sein«, sagte Gabriel.

»Das ist 1800 Jahre her«, sagte Sandra. »Zwischenzeitlich hat es eine Menge Erdbeben und Erdrutsche gegeben.«

»Zumindest sind hier noch vor zwanzig Jahren Leute runtergekrabbelt. Ach du Scheiße!«

Die verrostete Stahlstrebe gab plötzlich nach und brach ein paar Zentimeter vor seiner Hand.

Nach weiteren zehn Metern gab es ein Plateau und an seinem Ende eine hölzerne Tür, die in das Innere des Bergs führte.

Sandra bückte sich auf den Boden und sagte: »Schleifspuren. Die Tür ist vor Kurzem benutzt worden.«

Zusammen mit Sandra hob er die Tür leicht an, damit sie möglichst wenig Geräusch beim Öffnen machte. Die Scharniere gaben nur ein leises Knirschen von sich. Gabriel sah Sandra an und die nickte. Ja, die Tür musste unlängst geölt worden sein.

Gabriel und Sandra schlüpften gebückt durch den Spalt. Mutter hielt sich eng an Sandra. Seltsamerweise schlug ihnen der Geruch von frischem Süßwasser entgegen. Irgendwo musste eine Quelle aus dem Fels sprudeln.

Gabriel tastete sich an einem Felsen entlang. Dann spürte er ein Kabel. Im matten Licht sah er zwei Schalter. Wurde die Höhle immer noch mit Strom versorgt?

Sollte der Entführer Sophias anwesend sein, würden sie ihn aufschrecken. Andererseits zählte jede Sekunde, wenn sie die Praktikantin retten wollten.

Gabriel gab Sandra ein Zeichen und drückte gleichzeitig auf beide Schalter. Irgendwo in der Hölle startete brummend ein Generator. Licht flackerte auf. Vor ihnen wurden Stalaktiten und Stalagmiten in verschiedenen Farben angestrahlt. Neben einer grün beleuchteten Formation stand ein aus Fels gehauener Altar, auf dem ein marmornes Kreuz aufragte. Daneben zwei Kerzenstümpfe.

»Sieht aus wie bei einer Märchenaufführung«,

sagte Sandra.

Zwei Meter vor einer Felswand lief eine Metallstange als Absperrung entlang, die mit einer Lichterkette geschmückt war. Dahinter lag eine Art Teich, in dem ebenfalls Strahler versenkt waren, die das Ganze von unten beleuchteten.

»Na, wo bist du, böser Zauberer?«, sagte Gabriel mit gedämpfter Stimme.

Deutlich waren Tropfen zu hören, die von der Decke fielen.

Sie schritten eine hölzerne Rampe herunter. Bei näherem Hinsehen waren Risse im Holz zu erkennen. Die Absperrungen waren teilweise aus ihren Verankerungen gerissen. Mutter hatte den Schwanz eingeklemmt und schnupperte in die Luft.

Sie drehte sich um und sah hinter sich.

»Geht es da entlang?«, fragte Gabriel.

In der Ferne leuchtete etwas.

»Sieht nach einem Loch in der Höhlendecke aus«, sagte Sandra.

»Oder nach einem hellen Strahler.«

Als sie sich näherten, waren Wände aus Stahlbeton zu erkennen. Vielleicht waren es Hinterlassenschaften von Archäologen. Oder die Räumlichkeiten waren für die Touristen errichtet worden. Picknick in einer uralten Höhle! Klar, das war schon etwas Besonderes.

Mutter zog leicht in Richtung der zweiten Betonwand, die nach vorn hin eine Auslassung aufwies.

Gabriel leuchtete hinein. Die Apparaturen, die

hier untergebracht waren, mussten mit dem stillgelegten Pumpsystem zu tun haben.

Mutter zog weiter in Richtung des Lichts. Plötzlich fiel ein Tropfen auf Gabriels Kopf. Überrascht blickte er nach oben. Tatsächlich, dort oben gab es eine kleine Öffnung in der Höhlendecke.

»Hier lang, Chef«, rief Sandra. »Kommen Sie, schnell!«

Als Gabriel ihrer Stimme folgte, stand sie mitten in einem Raum, der ebenfalls von oben mit Licht beschienen wurde.

Vor ihnen stand ein Feldbett und darauf lag die an Händen und Füßen gefesselte Praktikantin.

»Sophia, hörst du mich?«, rief Sandra. Sie warf ihren Rucksack beiseite und tastete nach dem Puls an Sophias Halsschlagader. Dann legte sie ihre Handfläche auf die Stirn der Bewusstlosen.

»Sie lebt«, sagte sie. »Gott sei Dank!«

Gabriel fühlte noch einmal ihren Puls am Handgelenk.

»Haben Sie Empfang?«, fragte er, ohne aufzublicken.

Sandra blickte auf ihr Handy und schüttelte den Kopf.

»Ich geh zum Höhlenausgang.«

»Einverstanden. Es sieht so aus, als ob er sie betäubt hat. Ich seh mich hier noch einmal um.«

»Passen Sie bloß auf, er könnte in der Nähe sein!«

Sandra versuchte zu laufen, rutschte aber nach ein paar Metern aus. Plötzlich hörte sie Musikklänge.

Ein Chorgesang, der allmählich anschwoll. Verflucht, woher kam das?

Sie verstand die Worte »Salve Regina«. Sie hatte mal gelesen, dass diese gregorianischen Gesänge von den Frühchristen gesungen wurden, die sich damit beruhigten und ihre Angst vor den Verfolgern im Zaum hielten. Hatten in dieser Höhle tatsächlich Menschen vor Hunderten von Jahren Gottesdienste abgehalten?

Sie sah sich um, doch sie konnte in der Haupthöhle niemanden entdecken. Vorsichtig zog sie sich an der hölzernen Halterung entlang und trieb sich prompt einen Splitter in die Haut. Das war jetzt nicht wichtig! Sie musste zum Höhlenausgang. Hilfe holen. Bitte, lieber Gott, lass mich dort Empfang haben, murmelte sie.

Mutter zog Gabriel weiter den Gang entlang. Hatte er recht mit dem, was ihm plötzlich eingefallen war, als der Kellner in der Taverne eine Schale Wasser hinstellte und die Hündin dankbar mit dem Schwanz wedelte? Normalerweise hatte sie in solchen Situationen doch immer Angst. Hielt sich dicht hinter ihm und hielt den Kopf tief unten. Und jetzt? Ja, alles sprach dafür, dass sie den Täter kannte.

Vor ihm wurde es heller. Plötzlich knirschte es unter seinen Füßen. Glasscherben? Gabriel sah hinunter und schob Mutter seitlich an ihnen vorbei.

Die Hündin zog kräftiger und wedelte heftig mit

dem Schwanz. Jetzt musste er vorsichtig sein.

Der Gang vor ihm verengte sich. Hinter einer Biegung hing plötzlich eine dunkle Plastikfolie vor einem Felsdurchgang. Vorsichtig schob er sie zur Seite.

Gabriel kniff die Augen zu. Das gleißende Licht brannte in seinen Augen. Als er sie öffnete, liefen ihm Tränen über die Wangen.

Zunächst schemenhaft und dann immer deutlicher sah er ihn.

In der lichtdurchfluteten Höhle saß keine vier Meter entfernt Chris Kempter. Der Mann, mit dem er bei seinem ersten Besuch in der Agentur »Me Myself Media Moon« gesprochen hatte. Aber genau genommen waren sie sich schon einmal begegnet. Da war sich Gabriel sicher, denn Mutter hatte bei der zweiten Begegnung in der Agentur bereits mit dem Schwanz gewedelt. Aufgefallen war es ihm schon, doch er hatte einfach keine Schlussfolgerung daraus gezogen. Bei ihrer ersten Begegnung hatte Kempter noch einen dichten Vollbart getragen.

»Heilige Mutter Gottes, hilf mir und führe meine Hand«, sagte Chris Kempter. Er trug einen schwarzen Umhang und hatte seine Haare zu einem kleinen Dutt zusammengerollt.

Er stand inmitten zahlreicher Spiegel und einer großen Glasscheibe, die auf zwei Holzblöcke gelegt war. Auf ihr lagen Stoff- oder Lederstücke. Oder waren es ...

Gabriel spürte, wie sich Schweißtropfen auf seiner Stirn bildeten.

»Na, Herr Kommissar? Geben Sie Ihrem Hund inzwischen genug zu trinken?«, fragte er.

»Wir sind uns das erste Mal am Strand von Kissamos begegnet, richtig?«

Kempter lächelte ihn an.

»Sie haben Ihr Opfer dort abgelegt und abgewartet, was passiert.«

Kempter lächelte immer noch. Mit einem selbstzufriedenen Ausdruck.

»Ich habe sie nicht abgelegt. Ich habe sie unserem Gott dargebracht«, sagte er. »Und Gott hat sein Haupt geneigt und sie mit all seiner wärmenden Liebe umfangen.«

»Und wenn sie das gar nicht wollte?«

»Wir alle wollen zu Gott. Ob uns das bewusst ist oder nicht. Wir wollen in seiner Nähe sein. Uns von ihm angenommen fühlen.«

»Ist das so?«

»Sie können das nicht sehen, Gabriel. Sie wandeln im Licht des Herrn und sind doch blind.«

»Sie kommen hier nicht mehr weg, meine Kollegin holt in diesem Augenblick Unterstützung.«

Chris Kempter hob segnend die Hände, schlug ein Kreuz in die Luft und sagte: »Ich komme immer ›weg‹, wie sie das nennen. Ich bin in Gottes Hand, und da kann mich nichts Menschliches fesseln.«

Gabriel dachte fieberhaft nach. Er musste jetzt Zeit gewinnen. Die griechische Polizei würde sicher mit allem kommen, was sie aufzubieten hatte. Doch hatte Sandra vor der Höhle Empfang, oder musste sie erst in Richtung des nächsten Dorfes oder der nächsten Stadt fahren? Wie lange würden sie brauchen?

»Und Sie glauben, Gott findet es großartig, wenn Sie seine Geschöpfe vor ihrer Zeit in den Himmel befördern? «

»Das Wichtigste ist doch, *dass* sie in den Himmel kommen. Dass sie rein und würdig sind, wenn sie vor das Angesicht des Schöpfers treten.«

»Rein«, wiederholte Gabriel. »Was ist mit ihren Seelen? Sie glauben, es reicht, ihnen ihre Tätowierungen aus dem Leib zu schneiden und sie zu töten?«

»Ich reinige die Körper, die er ihnen gegeben hat.«

»Und da haben Sie in der Agentur angefangen, um sich diese Unreinen zunächst mal aus der Nähe anzusehen. Sich zu versichern, wie wichtig Ihre Mission ist. Richtig?«

»Gabriel, tun Sie doch nicht so. Sie wissen doch, was dort an Egomanie, Selbstverliebtheit und Oberflächlichkeit versammelt ist. Ich habe die jungen Frauen auf den Pfad geführt, mich ihrer angenommen. Und wissen Sie, warum?«

»Da bin ich gespannt.«

»Weil Gott sie liebt. Weil sie seine Geschöpfe sind. Ihm zu Ehren wandeln sie auf dieser Erde. Und was machen sie mit dieser Gnade? Sie sind undankbar.«

»Und Sie, Chris Kempter? Sie maßen sich an,

ihnen das klar zu machen? Was glauben Sie, sagt ihr Abt Alexandros von der Danielbruderschaft dazu?«

Gabriel hatte gehofft, Chris Kempter mit dem Namen des Abts zu beeindrucken, doch der lachte auf und fuhr fort, die Hautfetzen, die auf der Glasscheibe im Sonnenlicht lagen, übereinander zu sortieren. So, wie er die Kleidungsstücke seiner Opfer geordnet hatte, dachte Gabriel.

»Diese alten Zausel mit ihrem Singsang. Sie malen vermeintlich heilige Ikonen und begreifen nicht, dass der Heilige Geist durch sie hindurch fährt. Sie auffordert, in den heiligen Kreis zu treten. Durch Glauben, durch Zweifel, durch das Dienen.«

»Und mit Ihrem Hochmut klagen ausgerechnet Sie die jungen Frauen an? «

»Ich bin es nicht, der spricht. Ich leihe dem Herrn nur meine Stimmbänder. Sie verstehen das nicht. Aber das Taborlicht wird auch für Sie leuchten, glauben Sie mir. Wenn die Zeit gekommen ist.«

Chris Kempter nahm den Stapel mit herausgeschnittenen Hautfetzen samt den darauf eintätowierten Darstellungen vom Glas und legte sie vor ein Kreuz, das neben ihm auf dem Boden stand.

Dann hob er die Glasplatte an einer Seite in die Höhe und ließ sie unvermittelt auf den felsigen Boden fallen. Sie zersplitterte in mehrere große, scharfkantige Stücke. Eines davon lehnte er aufrecht an den Holzbock.

»Wollen Sie jetzt mir etwas herausschneiden?«, fragte Gabriel.

»Geben Sie Ihrem Hund immer genug Wasser, ja?«

Kempter lächelte ihn an und riss sich mit einem Ruck den Umhang auf. Seine Brust zierten eintätowierte Strahlen.

Kempter blickte kurz zur Öffnung, durch die das Sonnenlicht fiel. Dann drückte er seinen Oberkörper langsam in die Glasscheibe. Nach wenigen Zentimetern spritzte ein Strahl Blut in die Luft, dann drückte er mit einem Ruck seinen Oberkörper weiter hinunter, so dass die Spitze des Glases aus dem Rücken wieder austrat. Nach ein paar Sekunden sackte der durchbohrte Körper zusammen, und Blut rann über die Scheibe.

24.

Gabriel reichte Mutter eine Scampi. Doch sie lag auf der Decke und schlief. Er hielt sie der Hündin direkt vor die Nase. Keine Reaktion.

»Neuerdings im Tiefschlaf?«, sagte Gabriel. »Und ansonsten rastlos ohne Ende?«

»Vielleicht liegt es doch an Ihnen, Chef«, sagte Sandra und trank einen Schluck frisch gepressten Orangensaft.

»Unsinn. Ich bin die Ruhe in Person.«

»Mutter ist verwirrt. Sie freundet sich mit jemandem an, der sich dann vor ihren Augen umbringt. Das muss sie erstmal verdauen.«

»Glauben Sie? Aber sie war vorher schon nervös. Raus damit Sandra, haben die Nerds etwas mit ihr gemacht? Sie verheimlichen mir doch etwas!«

»Der arme Hund braucht einen regelmäßigen Lebenswandel.«

»Sandra, was soll das denn heißen?«

»Futter und Gassigehen zu festen Zeiten, Zuneigung, Anerkennung ...«

»Aber die zeige ich doch. Mutter hat mich überhaupt erst darauf gebracht, wer der Serienkiller ist. Ich werde ihr zur Belohnung etwas Tolles kochen.«

»Ja und warum?«, sagte Sandra. »Weil Sie die Hündin in der Sonne vergessen haben und Chris Kempter ihr am Strand von Kissamos eine Schüssel Wasser hingestellt hat.«

»Als ich bei der Agentur war, ist sie schwanzwedelnd hinter den Tresen gelaufen ... ich hätte darauf achten müssen. Dann wären wir schneller auf seine Spur gekommen.«

»Aber wir hätten keine Beweise gehabt.«

»Hat sich Kriminalrat Becker bei Ihnen gemeldet?«, fragte Gabriel.

»Es herrscht Totenstille«, sagte Sandra. »Direkt unheimlich.«

»Trotzdem, wir hätten schneller sein können, über Kempters Biografie ... er kam in den Neunzigern nach Griechenland. Hatte Gastspiele bei religiösen Sekten. Sonnenkult und so weiter.«

»Und Sie glauben tatsächlich, dass er Frauen verehrte und ihnen einen Platz im Himmel ... ja, was eigentlich ... ›beschaffen‹ wollte?«, fragte Sandra.

»Das sah er wohl als seine Mission. Er hat sie hergerichtet, damit sie vor Gottes Antlitz treten können. Entfernte ihnen Tattoos, die für ihn heidnische Symbole sind, pflegte ihre Haut und beschaffte für Sophia sogar Insulin. Wie geht es ihr?«

»Die sitzt in ihrem Krankenhausbett und bastelt weiter an ihrer Karriere in Brüssel. Aber was ist mit Kempter? Warum nimmt er ausgerechnet in dieser Agentur von Curtius eine Stelle an?«

»Da hat er doch alles versammelt, was es aus seiner Sicht zu bekämpfen gilt: Egomanie, Neid, Selbstdarstellung, Missgunst. Das muss ihn motiviert haben, mit seinen Taten fortzufahren.«

»Aber keine der Teilnehmerinnen wurde zu seinem Opfer!«

»Er ist vorsichtig vorgegangen. Ein Opfer, das mit der Agentur zu tun gehabt hätte, das wäre ein eindeutiger Hinweis gewesen. Nein, dafür war er zu schlau.«

Sandra trank den Rest ihres Orangensaftes und legte dann den Kopf in den Nacken, um die Fruchtreste zu erwischen.

»Dieser Privatdetektiv hat ihn unterschätzt«, sagte Gabriel. »Natürlich wollte er sich nicht beleidigen lassen. Schließlich hatte er eine heilige Mission zu erfüllen. Da durfte er die Gerüchte und Beschimpfungen nicht stehen lassen.«

»Stimmt«, sagte Sandra. »Und um die Reinheit zu erreichen, bleichte er die Hautstücke, die er seinen Opfern herausgeschnitten hatte, auf einer Glasscheibe.«

»Ich denke, er hätte so lange weitergemacht, bis die Glasscheibe vollkommen bedeckt gewesen wäre. Ich kann mir vorstellen, dass er sein Werk als eine Art Kirchenfenster plante.«

»Das ist ja eklig«, sagte Sandra. »Ein Fenster bedeckt mit Hautfetzen!«

»Alles zur Ehre Gottes und seiner Schöpfung der

Weiblichkeit.«

»Und das alles ist Ihnen bei den Mönchen von Athos aufgegangen?«

»Manchmal brauche ich einen Umweg.«

»Komischer Gedanke, dass ich als Frau da unerwünscht bin. Nicht mal Mutter darf auf die Halbinsel.«

»Sandra, glauben Sie mir, da wollen Sie gar nicht hin.«

Seine Assistentin überlegte und sagte: »Oh, doch. Die Ruhe und Stille. Weihrauchgeruch und Einsamkeit. Alte Kapellen, in denen seit Jahrhunderten gebetet wird. Mystische Orte, seltsame Rituale ...«

»Hören Sie auf mit Ritualen! Die tun weh ... und man bekommt davon Visionen. Sehen Sie, was ich sehe?«

Kommissar Gabriel deutete in Richtung des Fußwegs.

»Das glaub ich jetzt nicht!«, sagte Sandra, die mit ihrem wippenden Stuhl fast hintenüber gefallen wäre.

»Kriminalrat Becker?«, stieß Gabriel aus.

»Mal gleich als erstes, dann haben wir das hinter uns«, sagte Becker, der tatsächlich ein buntes Hemd und Shorts trug. »Vielen Dank, Hauptkommissar Gabriel! Vielen Dank, Frau Berger!«

»Oha, sogar mit vollem Titel.«

»Das ist kein Titel, Gabriel, das ist eine Berufsbezeichnung. Inklusive Besoldungsstufe und Pensionsanspruch. Letzteres sollten Sie nicht vergessen.

Den kann man nämlich verlieren.«

»Und da kommen Sie den weiten Weg aus Hamburg, um mir das zu sagen? Das ist großartig.«

»Ich bin gekommen, um meine Tochter abzuholen und mich bei den griechischen Kollegen zu bedanken.«

»Sind Sie allein auf die Idee gekommen, oder hat Ihre Frau ...«

Lars Beckers Gesicht lief rot an.

»Sie sind drüber, Gabriel. Meilenweit drüber. Vorsicht!«

»Na ja, jeder hat sein Päckchen zu tragen.«

»Genau«, sagte Becker. »Sie erinnern sich doch an Ihr Büro in Hamburg und die Altfälle, die sie bearbeiten?«

»Sie umstellen mich, wie könnte ich sie da vergessen?«

»Einer davon hat sich selbständig gemacht. Hat sich von einem Blindgänger zu einer scharfen Bombe entwickelt. Auch deshalb bin ich hier.«

»Und Sie glauben, jetzt packe ich sofort meine Koffer und trete morgen früh um acht Uhr meinen Dienst an, um einen alten Fall aus dem Regal zu ziehen?«

»Einverstanden, einen weiteren Tag können Sie gern Urlaub machen.«

»Ich kann nicht sofort zurück«, sagte Gabriel.

»Und warum nicht?«

»Ich habe eine Paartherapie angefangen.«

»Sie haben hier jemanden kennengelernt? Jemand, der mit *Ihnen* zu tun haben will?«

»Eine Paartherapie mit meiner Hündin Mutter. Da liegt Einiges im Argen. Vielleicht sollten Sie es auch mal versuchen.«

Kriminalrat Becker schnaufte, zog einen Stuhl zu sich heran und rang um einen ruhigen Atem.

»Gabriel, Sie verstehen nicht. Es geht um einen Toten, der vor Jahren aus einem Fleet gezogen wurde. Das zieht aufgrund neuer Ereignisse weite Kreise. Der Innensenator ist involviert, Brüsseler Behörden und was weiß ich, wer noch an Sicherheitsdiensten in mein Büro latscht. Und es gibt eine Spur zu einer Insel. Das ist doch Ihre Spezialität.«

»Ich kann Mutter unmöglich schon wieder vertrösten.«

»Sie begreifen es einfach nicht. Ihr Name ist gefallen. Genau genommen wurde er auf einen Zettel geschrieben, den wir gefunden haben.«

»Das ist natürlich etwas ganz anderes ... mein Name wurde auf einem Zettel gefunden, da rücke ich ins Zentrum des Geschehens. Ein Zettel mit meinem Namen, großer Gott, Becker! Da müssen sie sich etwas Besseres einfallen lassen.«

»Sie brauchen gar keine Witze zu machen. Das ist nicht alles. Dieser Zettel war zusammen mit einem Foto an einer Leiche befestigt, die vor vielen Jahren bestattet wurde.«

»Sie meinen, irgendwann hat sich ein Leichenbestatter einen Scherz erlaubt, in dem er ein Foto und meinem Namen in einen Sarg gelegt hat?«

Kriminalrat Becker schüttelte den Kopf.

»Die Bestattung war vor 14 Jahren, Gabriel. Aber das Foto, auf dem Sie abgelichtet sind, wurde erst vor Kurzem aufgenommen. Der Tote, oder besser das, was von ihm übrig war, hielt es in den gefalteten Händen.«

ENDE

Jetzt heißt es erst einmal durchatmen unter der griechischen Sonne. Doch auf Kommissar Gabriel und seine Assistentin Sandra wartet bei ihrer Rückkehr ein neuer, kniffliger Fall. Es gilt, ein mysteriöses Rätsel zu lösen, doch das ist erst der Auftakt für eine packende Ermittlung an der Nordsee-Küste.

Ich hoffe, mein auf der griechischen Insel Kreta spielender Krimi hat Ihnen gefallen. Sollte es so sein, würde ich mehr sehr über eine Bewertung oder/und eine kurze Rezension freuen. Vielen Dank! Sollte es Ihnen nicht gefallen haben, tut es mir sehr leid. Sorry. Inzwischen ist das Krimi-Genre so breit gefächert, dass man als Autor leider nicht jeden Geschmack treffen kann.

Im Anschluß gibt es noch den Beginn eines von mir verfassten Krimis. Viel Spaß damit!

Und ich sehe inzwischen mal nach, welches Fähr-Ticket Kommissar Gabriel gelöst hat.

In der Kommissar-Gabriel-Reihe sind bisher erschienen:

Tödliche Reeperbahn – Kommissar Gabriels 1. Fall

Amrumer Todeswatt – Kommissar Gabriels 2. Fall

Finsteres Föhr – Kommissar Gabriels 3. Fall

Münchner Todesbräu – Kommissar Gabriels 4. Fall

Griechisches Blut – Kommissar Gabriels 5. Fall

Die Pracht des Todes – Kommissar Gabriels 6. Fall

Sylter Todessturm – Kommissar Gabriels 7. Fall

Jedes Buch der Kommissar Gabriel – Reihe ist abgeschlossen und kann eigenständig gelesen werden.

Die Reihe wird fortgesetzt.

Michael Koglin

Leseprobe: Das Dunkle in mir

1.
Ihr hättet mir nicht kündigen dürfen

Nur ein Telefonklingeln als Warnung, und die Welt dreht sich in eine andere Richtung. Und wenn du Pech hast, ist es eine Spirale, die dich in Kurven immer weiter nach unten reißt. Abwärts geht es. Keine Chance, dich festzuhalten.

Hast du richtig Pech, schickt es dich in den schwärzesten Abgrund, den dir dieses Leben zu bieten hat: Das Finstere in dir. Das Telefonklingeln ist das eine, wenn dann auch noch zwei Polizisten in Zivil auftauchen und versuchen, möglichst harmlos und unwissend zu tun, wird es ernst.

Nein, ich ahnte an diesem Morgen nicht, in welche bodenlose Tiefe ich gerissen werden würde. Und auch nicht, dass ich selbst eine Menge dazu beigetragen hatte. Aber von vorn.

»Du bist raus«, sagte Amelie und sah mich vom Bildschirm aus mit einem mitleidigen Mutter-Theresa-Gesicht an.

»Mein Empfang ist doch super«, erwiderte ich. Ich klopfte gegen das Mikrofon und dann an den Monitor.

»Ich meine nicht die Verbindung.«

»Sondern?«

Amelie beugte sich vor und ich fühlte mich wie ein Insekt, das in einem Mikroskop begutachtet wird. Irgendein toter Käfer oder so.

»Du bist raus. Aus dem Job.«

»Ich bin raus …?«

Amelie nickte und sagte nichts. So, als wollte sie abwarten, ob der tote Käfer, der da vor ihr lag, noch einmal zuckte und zur Abwehr die Beine von sich streckte.

»Raus. Aus dem Job.«

Ich stieß die Luft aus und ärgerte mich, dass ich ihr den Triumph meiner Gefühlsregung gönnte. Insgeheim wartete ich darauf, dass meine Teamleiterin am anderen Ende der Leitung das Gesicht zu einem Grinsen verzog und über ihren Scherz lachte. Doch ihre Mitleidsmiene war tiefgefroren.

»Das ist unmöglich, ich habe die letzten vier Wochen in meinem beschissenen Homeoffice alle Vorgaben für die Kreditvergaben aufgeschlüsselt. Und jetzt muss ich mich um die Kunden kümmern. Ich habe zig Telefontermine vereinbart, bei einigen Kandidaten sieht es richtig gut aus.«

Amelie pochte mit ihrem Kugelschreiber einen Rhythmus auf ihre Schreibtischplatte. Dann hob sie das Ding, als wäre sie eine Dirigentin, die das vor ihr sitzende Orchester zur Ordnung ruft. Immer noch kein Ton.

»Was ist mit meinen Kunden? Ich habe Euch jede Menge Verträge gebracht.«

»Dafür wurdest du auch gut bezahlt.«

»Und was ist mit der Arbeit, die ich in den letzten Wochen geleistet habe?«

»Kriegst du normal honoriert.«

Wochenlang hatte ich Kriterien zusammengestellt und erläutert, die bei der Vergabe von Risikokapital an neue Start-ups zu berücksichtigen sind. Mein Fachwissen in einer netten Zusammenfassung. Gut lesbar und sogar gewürzt mit ein paar Witzchen. Ich war direkt stolz darauf gewesen.

»Wir sind dir dankbar für deine ausgezeichnete Arbeit, aber wir müssen umstrukturieren. Dir war doch klar, dass mit den Auswirkungen der Corona-Epidemie und der heftigen Rezession unsere Geschäftsmodelle angepasst werden müssen? Ich bitte dich, du bist doch Profi!«

Das Aas redete mit mir, als wäre ich ein dummer Schüler, den man zur Unterstützung des Gemeinwohls sitzen bleiben lassen musste. Dabei war die Frau zehn Jahre jünger als ich. War wahrscheinlich mit einem der an Midlife-Crisis leidenden Chefs ins Bett gestiegen und hatte sich damit zum Posten der Teamleiterin hochgeschlafen.

»Das könnt ihr nicht machen«, versuchte ich erneut, meine Käferbeine in Richtung der Angreiferin auszustrecken. Rechts unten auf dem Bildschirm sah ich mich mit meinen wuseligen, dunkelbraunen Haaren. Das Bild zog meinen Kopf in die Breite.

Nichts mehr zu sehen von der Johnny Depp-Ähnlichkeit, die man mir ab und an attestiert hatte. Statt einem Piraten der Südsee saß da ein Häuflein Elend, dass seine Felle davonschwimmen sah.

»Du bist Freelancer, du hast gut verdient und jetzt laufen eben die Aufträge aus.«

»Mal raus damit, Amelie«, startete ich einen weiteren Versuch. »Wen habt ihr denn als meinen Nachfolger erkoren? Du weißt, dass niemand solche Abschlusszahlen vorweisen kann wie ich. Da kommt keiner auch nur annähernd ran.«

»Das sind firmeninterne Prozesse.«

»Du willst es mir nicht sagen? Als Teamleiterin sollte man nicht feige sein.«

»Das wird dir nicht gefallen«, sagte Amelie, die immer nervöser ihre Tischplatte bearbeitete. »Und?«

»Wir ziehen nach, das war längst überfällig. Die großen Banken ...« »Nachziehen?«

»Deine Arbeit übernimmt ein KI-Programm.«

»Künstliche Intelligenz?«

Ich stieß meinen Atem aus, meine Gedanken rasten. Die konnten unmöglich den Computer mit all den Details füttern, die zu einer korrekten Risikoberechnung gehörten. Da ging es um das Business-Umfeld, um Zukunftseinschätzungen, um Gefühl für das Gegenüber, um das Gespür für Millionäre und Milliardäre, die das Geld locker machten und nicht zu vergessen das Produkt ... und dann fiel es mir siedend heiß ein.

»Ihr füttert das Programm mit den Kriterien, die ich vier Wochen lang aufgelistet, erläutert, gewichtet, strukturiert und eingeordnet habe?«

Amelie lächelte gequält und zuckt mit den Schultern.

»Das ist das Geschäft«, sagte sie. »Und du wurdest dafür bezahlt.«

»Bezahlt, damit ich mich selbst abschaffe?«

»Das ist nun mal der Preis«, sagt sie. »Leon, schick einfach die Rechnung und …«

»Und?«

»Viel Glück für die Zukunft. Falls wir hier spannende neue Projekte haben, denken wir an dich. Wenn das Geschäft wieder anläuft, klingelt bei dir das Telefon. Versprochen. Die Firma ist nach wie vor dankbar für deine Loyalität.«

Scheiß auf Loyalität! Das war der Wink mit dem Zaunpfahl, ja keine Betriebsgeheimnisse auszuplaudern. Dabei hatte ich schon vor zehn Jahren eine Verschwiegenheitserklärung unterschreiben müssen, die es mir bei hohen Strafandrohungen verbot, Firmendetails über die Vergabepraxis der Risiko-Kredite auszuplaudern.

»Vergiss nicht, wir haben Krisenzeiten«, sagte Amelie.

Ja, das böse Virus! Irgendwie wurde jede Sauerei mit den Folgen dieser Pandemie begründet. Massenweise schickten die Firmen mit staatlicher Hilfe ihre Mitarbeiter in Kurzarbeit.

Und viele von denen ahnten, dass man sie nach ein paar Monaten dennoch entlassen würde. Für die Firmen war das praktisch, denn so konnte man sich die ansonsten fälligen Abfindungen sparen. Die Firmenstrategen rechnen Krisen schön. Und das in jeder Lage.

An Abfindung war für mich ohnehin nicht zu denken. Als Freiberufler hieß die Lebensdevise: irgendwie durchkommen. Aber wie? Noch vor Wochen hatte ich mitleidig auf die Künstler geschaut. Musiker, Schauspieler, Comedians, Autoren ... viele lebten von den Einnahmen bei ihren Auftritten.

Selbst Kinderbuchautoren, denen die existenznotwendigen Lesungen in den Schulen weggebrochen waren, kämpften um ihre Existenz. Ganz zu schweigen von den Gastronomiebetreibern und -angestellten. Und jetzt erwischte es also mich.

Ich unterbrach die Verbindung und ging die vier Schritte zum Fenster. Draußen standen die Gründerzeithäuser. Unerschütterlich. Zwei Weltkriege hatten sie mitgemacht und überstanden, die Abdankung des letzten deutschen Kaisers erlebt, die Hongkong-Grippe, Influenza-Epidemien, die EHEC-Seuche und nun auch das Coronavirus an ihren Fassaden vorbeiziehen lassen.

Aber der Mensch ist nicht gemauert und Häuser sind wir schon gar nicht. Ich musste meine Situation in den Griff bekommen, doch klare Gedanken konnte ich nicht fassen.

Durch meinen Kopf polterten Rachefantasien. Natürlich konnte ich Firmengeheimnisse über Facebook oder Wikileaks ausposaunen ... doch wen würde schon interessieren, wer da im Hintergrund sein Geld anlegte und in welcher Höhe? Wer würde verstehen, wie die Firma, für die ich arbeitete, ihre Vermittlungsprozente in die Höhe jubelte?

Amelie fuhr einen Mercedes-Oldtimer, angeblich stammte die Kiste von ihrem Opa. In Gedanken präparierte ich Tennisbälle mit Nägeln und legte sie vor jedes Vorder- und Hinterrad. Vor meinem inneren Auge sah ich, wie ich mit behandschuhten Händen Nägel durch die Bälle trieb und die Spitzen kontrollierte.

Anschließend malte ich die Tennisbälle mit schwarzer Farbe an, damit sie nicht zu früh auffielen. Amelie erschien in einem ihrer Business-Kostüme, schlüpfte ins Auto, legte den Gang ein und peng. Alle vier Reifen kaputt. Ich sah sie ratlos aussteigen, freute mich über die Zornesröte, die in ihrem Gesicht aufstieg. Und ich las genüsslich ihre Gedanken, mit denen sie mich verfluchte.

Sollte sie. Ich war jetzt der Gewinner, denn ich hatte keine Spuren hinterlassen. Nur ihre Adresse müsste ich vorher herausfinden. Ich könnte auch zur Konkurrenz gehen. Doch wenn ich Pech hatte, würde ich auffliegen. Eine Strafzahlung wegen des Verstoßes gegen meine Verschwiegenheitserklärung käme zu einem ungünstigen Zeitpunkt.

Nein, mein Weg war der des einsamen Rächers. Zorro im Kampf gegen die Ungerechtigkeit. Zorro, der Held der Witwen und Waisen, der Entrechteten und Armen.

Na ja, direkt arm war ich nicht. Ich hatte gut verdient und mein Geld aussichtsreich angelegt. Zumindest glaubte ich das an diesem Vormittag. Schließlich war ich vom Fach und hatte mir ein vielversprechendes Start-up ausgesucht, einen Firmenanteil von 15 Prozent gekauft und erst anschließend einen weiteren Investor heiß gemacht, der nach mir mit einer größeren Summe eingestiegen war. Ein perfekter Deal.

Auch meine Kollegin Kaja hatte sich beteiligt. Genau genommen ein Insider-Deal und damit nicht ganz legal. Aber wie sollte man sonst zu Geld kommen? Die Gründer werden schon verstehen, wenn ich unter diesen Umständen eine Zeit lang mein Geld aus dem Unternehmen ziehe, dachte ich und rief Jens Henstedt an.

Er war nicht nur Informatiker, sondern auch der Kaufmann des Start-ups, in dem sie eine App entwickelten, mit deren Hilfe Bauern freie Landflächen an gärtnernde Städter verpachteten. Urban Gardening, selbst Gemüse ziehen. Ein Öko-Trend, auf den ich aufgesprungen war.

»Ja?«, meldete er sich und seine Stimme klang, als dämmerte er gerade durch eine für Normalsterbliche unzugängliche Welt.

»Leon Lichte hier«, sagte ich. »Wir müssen ein wenig umdisponieren.«

»Ach ja?«

Seine Stimme klang gelangweilt.

»Es geht um Geld, also um mein Geld, um genau zu sein.«

»Verstehe.«

Immer noch dieser desinteressierte Tonfall. Was hätte ich dafür gegeben, mich ein Stündchen in solch einem Informatiker-Hirn umzusehen.

»Ich muss meine Anteile kurzfristig rausziehen und zu Bargeld machen«, sagte ich.

Schweigen in der Leitung. Hatte er sich nun doch erschreckt?

»Geht nicht«, sagte er.

Hörte ich da eine klitzekleine Spur von Traurigkeit in seiner Stimme heraus?

»Wieso geht das nicht? Besprich das mit deiner Geschäftspartnerin Tania. Ihr kriegt das hin.«

Tania Louven war der andere Kopf des jungen Start-ups. Sie war der Software-Freak, der unfassbar clevere Lösungen für Probleme finden konnte. Dabei war es nicht einfach, ihren Gedankengängen zu folgen.

»Ausgeschlossen.«

»Und warum bitteschön?«

»Wir sprechen nicht mehr miteinander.«

»Aber ihr leitet beide ein Start-up, in das Gelder ...«

»Das wird schon wieder«, sagte Jens Henstedt. »Wir sind momentan uneins, ob die Avatare ...«

»Keine Details, bitte«, fuhr ich dazwischen. »Ich brauche das Geld. Akut. Also dringend.«

»Das geht nicht«, sagte Henstedt.

»Wieso denn? Das ist eine Notsituation.«

»Wir haben kein Working Capital mehr.«

»Was soll das heißen?«

»Wir sind blank. Zwei Investoren haben nicht überwiesen und sind raus. Da ist nichts mehr.«

Ich schnaufte durch. Die Kapitalgeber, die ich dem Start-Up vermittelt hatte, waren absolut integer. Eigentlich ausgeschlossen, dass sie kurz vor der Marktreife der App, ausgestiegen waren. Es sei denn ...

»Ist etwas passiert?«, fragte ich.

»Ja«, kam es dünnlippig durch die Leitung.

»Raus damit, was ist schiefgelaufen?«

»Coronavirus«, sagte Jens Henstedt. »Die Investoren haben sich kurzfristig umentschieden und wollen lieber in Biotechfirmen einsteigen, die an einem Impfstoff oder einem Medikament arbeiten. Bei denen sind Öko-Start-Ups plötzlich nicht mehr angesagt.«

»Und jetzt? Was soll ich machen?«

»Keine Ahnung. Du wusstest von dem Risiko.«

2.
Ein tiefer Schlund

Es half alles nichts. Ich musste zu Kreuze kriechen. Also meldete ich mich erneut bei Amelie.

»Hallo Leon«, sagte sie gelangweilt.

»Hör mal, lass uns vernünftig reden. Es muss doch eine Möglichkeit geben, dass ich für euch kleinere Aufträge erledige. Ich fahr zu meinen Kunden ...«

»Du willst es nicht verstehen, oder?«, sagte Amelie. »Du bist raus. Wir gehen teilweise ins Homeoffice, berappeln uns und dann geht es irgendwann weiter.«

»Also schickt ihr mich in eine Pause?«

»Keine Pause. Es geht ohne dich weiter. Definitiv. Die Ansage der Geschäftsleitung ist eindeutig. Und ich soll dich an deine Verschwiegenheitserklärung erinnern. Sonst gibt es nicht nur eine Geldstrafe, sondern deine nicht ganz sauberen Deals werden hier nicht mehr unter dem Deckel gehalten. Ist das klar genug?«

»Und was soll ich jetzt machen?«

»Ruf die Telefonseelsorge an«, sagte sie und legte auf.

Ich zuckte zusammen. Das Aas gab es mir knüppeldick zurück. Den Spruch mit der Telefonseelsorge hatte ich intern benutzt, wenn Investoren sich beschwerten, dass ihre Renditeträume nicht in Erfüllung gingen.

Verflucht, vielleicht hätte ich was mit ihr anfangen sollen. Doch die Frau hatte keine Nähe zugelassen. Möglich, dass sie nicht auf Männer stand oder nur die für sie infrage kamen, die ihrer Karriere förderlich sein könnten.

Ja, damals hielt ich mich für unwiderstehlich und glaubte, die Dinge wieder unter Kontrolle zu bringen. Vor wenigen Monaten hatte ich mir noch nicht vorstellen können, dass die Frau einfach keine Lust hatte, sich mit einem Arschloch wie mir abzugeben.

Ich spürte, dass mir mein Leben Schritt für Schritt entglitt. Oder hatte all das schon vor der Krise begonnen? Hatte ich nur nicht bemerkt, was für eine kaputte Welt ich mir da zusammengezimmert hatte? Noch dachte ich nur an mich selbst, aber das sollte sich sehr bald ändern.

Damals leuchtete in meinem Hirn das Wort »Kundenliste« auf. Vielleicht sollte ich ein wenig herumtelefonieren und mein eigenes Geschäft starten? Eine Partnerbank würde sich finden und auch die Liste mit den Finanzierungsanfragen würde mir helfen. Fachleute, die Unternehmensgründer mit potenziellen Geldgebern zusammenbringen konnten, wurden immer gebraucht, dachte ich.

Schließlich lechzten auch große Traditionsfirmen nach Innovationen. Dafür waren sie bereit, einen Haufen Kapital auf den Tisch zu legen. Ja, in meiner Gedankenwelt war ich immer noch der Herr des Geldes. Einer, der anderen gab, was ihm gar nicht gehörte. Schließlich war ich der Experte, mit dem man sich gut stellen musste, wenn man einen Deal wollte.

Ich klappte mein Notebook auf und rief den Firmenserver auf. Gut möglich, dass ich die ganze Nacht brauchen würde, um alle mir wichtig erscheinenden Dokumente auf meinen Computer herunterzuladen. Ich gab Benutzeradresse und Passwort ein und rechnete mit einer Nachtsitzung. Vor mir blinkte ein roter Schriftzug auf: »Zugang gesperrt. Melden Sie sich beim Administrator.«

»Nicht mit mir«, murmelte ich und rief meinen Firmendateiordner auf dem Notebook auf.

Alles da, dachte ich und drückte auf einen Dokumentennamen. Sofort erschien ein Warnschild, das mich über die Fernübernahme des Computers durch den Administrator informierte. Acht Sekunden wurden heruntergezählt und auf dem Computerschirm erschien der Abschiedsgruß: »Melde mich ab.«

Ich hätte es mir denken können. Es war ein Firmenrechner, und genauso wie man mir Programm-Updates draufspielte, konnte man das Gerät auch aus der Ferne sperren. Das war's dann also. Ich schnappte meine Jacke und verließ die Wohnung. Eine Treppe weiter unten stand die dreifarbige Katze des unter mir wohnenden Nachbarn vor seiner Wohnungstür und rieb sich den Rücken am Türpfosten.

»Bevor du ins Treppenhaus kackst ...«, sagte ich und drückte den Klingelknopf.

Der alte Mann schlurfte durch seinen Flur und öffnete. Überrascht blickte er mich an und sah dann hinunter zu seiner Katze. Die rieb sich plötzlich mit erhobenem Schwanz an meinen Beinen.

»Gut, dass Sie klingeln«, sagte er, »ich wollte gerade ...« Ich winkte ab. »Keine Zeit«, sagte ich.

Der Typ ging mir seit Monaten gehörig auf die Nerven. Nicht nur das er seinen Fernseher laut aufdrehte. Er ließ auch seinen Müll tagelang im Treppenhaus stehen. Zweimal hatte ich mich bei der Hausverwaltung beschwert, doch er lächelte mich weiter munter an, wenn wir uns begegneten.

Wahrscheinlich machte er sich einen Spaß daraus, dass ich ihm nichts anhaben konnte. Wie auch immer, auf einen Plausch mit dem Kerl hatte ich keine Lust. Erst draußen auf der Straße fiel mir wieder ein, dass dies besondere Zeiten waren: Kein Mensch war zu sehen.

Nur ein Fahrradfahrer fuhr auf der gegenüberliegenden Straßenseite. Er war dick in einen Schal vermummt. Es war ein Dienstagabend. Verwirrt blickte ich mich um. Von meinem Fenster aus sah das alles viel weniger bedrohlich aus. Ich erinnerte mich an Zombiefilme. Kurz bevor die kriechenden Knochen über die Stadt herfallen.

Die kleinen Läden, die es bei mir in der Straße gab, waren geschlossen. Lediglich eine Bäckerei hatte geöffnet. Drinnen fegte eine Verkäuferin den Boden.

»Gibt es noch etwas?«, rief ich in den Laden hinein. Sie hielt abrupt inne, sah mich an und schüttelte den Kopf.

»Tut mir leid. Wir sind seit einer Stunde ausverkauft.«

»Nicht mal was von gestern oder ein verunglücktes Milchbrötchen?«, fragte ich.

Sie verneinte.

»Die Leute kaufen, als würde morgen ein Krieg ausbrechen«, sagte sie und fuhr fort, die auf dem Boden liegenden Krümel zusammenzufegen.

Ich nickte und schlug den Weg zu einer Kneipe ein. Doch die war ebenso geschlossen wie die Bar, in der ich ab und an einen Absacker getrunken hatte.

Verfluchte Scheiße!, dachte ich. Man kann sich nicht mal mehr betrinken. Und von der Seele quatschen konnte man sich den Mist auch nicht. Selbstverständlich hatte ich in der Zeitung gelesen, dass die Läden bis auf Lebensmittelgeschäfte, Apotheken und Drogerien geschlossen worden waren. Aber es war in meinem Kopf nicht angekommen. So, als hätte es mit meinem Leben nichts zu tun.

Ich versuchte mein Glück in einer Tankstelle in

der Hoheluftchaussee und hatte Glück. Ich griff mir ein paar Schokoriegel aus dem Regal und schnappte mir eine Flasche Gin, den es als Sonderangebot gab. Prima.

Das passte zu meiner Situation. Fehlte nur noch, dass auch mein Konto gesperrt war, aber das wollte ich heute lieber nicht ausprobieren. Ich zahlte bar und suchte mir ein Plätzchen am Isebekkanal. Nachdem ich die Flasche halb geleert hatte, zog ich mein Handy heraus und wählte Kajas Nummer.

Sie war eine Kollegin von Amelie, arbeitete allerdings in einer anderen Abteilung. Über Monate hatten wir eine On-Off-Beziehung. In der Firma hatten wir unsere Affäre geheim gehalten und waren dabei äußerst vorsichtig gewesen. Das Ganze war unschön auseinandergegangen und verantwortlich dafür war eindeutig ich.

»Was willst du?«, begrüßte sie mich.

»Mal reden«, sagte ich.

»Nach drei Wochen, in denen ich kein Wort von dir höre, willst du reden?«

»Ich hatte wenig Zeit.«

»Kein Interesse«, sagte sie. »Das trifft es wohl besser.«

»Tut mir leid.«

»Was willst du?«

»Mir geht es nicht gut.«

»Bist du deshalb betrunken? Du kriegst die Endungen nicht mehr hin. Hör mal, Leon, ich hab wenig Zeit für diesen Blödsinn.«

»Wieso das denn? Die Missverständnisse …«

»Lass mich einfach in Ruhe«, sagte sie.

Eigentlich hatte ich gehofft, dass sie mich zu sich einladen und dort übernachten lassen würde.

»Mir wurde gekündigt«, sagte ich. Stille am anderen Ende der Leitung. »Ausgerechnet Amelie hat mir die frohe Nachricht übermittelt.«

»Und warum?«

»Angeblich wegen eurem Auftragseinbruch, wegen der Pandemie.«

»Dabei habt ihr beide so gut zueinander gepasst. Rein menschlich, meine ich.«

»Was soll das denn heißen?«

»Ich habe Besuch«, sagte Kaja, »aber ich glaube kaum, dass dich das was angeht.«

»Ein anderer Mann?«, fragte ich. »Ich wünsch dir einen schönen Abend.«

»Schon gut.«

»Und Leon …«

»Ja?«

»Ruf mich bitte nicht mehr an.«

Ich nahm einen tiefen Schluck von meinem Sonderangebots-Gin und nickte in Richtung der grauen Fluten des Isebekkanals. Sie hatte ja recht. Ich hatte sie mies behandelt.

Je mehr Nähe sie wollte, umso mehr hatte ich mich zurückgezogen. Es war arschkalt und der Anblick vor mir todtraurig. Da lag vor mir das Kindertheaterschiff Zeppelin. Die Bullaugen waren blind und die fröhlichen Farben der Außenwand durch das dämmrige Mondlicht mit konturlosem Grau übermalt. Dahinter erhoben sich dunkle Häuserfassaden mit mühsam glimmenden Fenstern, hinter denen sich die Menschen in Deckung brachten.

War das die trübe Aussicht auf die nächsten Monate? Nachdem ich die Flasche geleert hatte, machte ich mich auf den Heimweg. Als ich in den Hausflur trat, hörte ich das Gelächter in irgendeiner hirnamputierten Quizshow schon von unten.

Der alte Mann hatte heute besonders große Probleme mit seinen Ohren. Die näselnde Stimme eines Kommentators dröhnte durch die Tür. Ich ging in meine Wohnung, schnappt mir die Billig-Kopfhörer, die vom Bordverkauf eines Flugzeugs stammten, und stürmte dann wieder die Treppe hinunter. Ich klingelte.

Der alte Mann brauchte eine Weile, bis er an der Tür erschien. Er lächelte mich aus einem blassen Gesicht an. Auf seiner Stirn glänzten Schweißperlen und seine Augen waren fiebrig. Er wollte einen Satz beginnen, doch ich schüttelte den Kopf. Ich streckte ihm die Kopfhörer entgegen und tippte mit dem linken Zeigefinger auf mein Ohr.

»Leiser«, sagte ich. »Ich mag keine Quizsendungen.«

»Ist `ne Tierdoku«, erwiderte er. »Schön, die mag ich auch nicht.«

»Ich wollte Sie fragen …« »Heute nicht mehr«, herrschte ich ihn an. Er nickte, sah auf den Kopfhörer und sagte: »Vielen Dank.«

Dann schloss er mit gesenktem Kopf die Tür. Als ich eine halbe Treppe zu meiner Wohnung hinaufgestiegen war, tat es mir leid.

Was für einen trostlosten Tag mochte er gehabt haben? Andererseits, warum musste ich mich immer im Griff haben? Schön, er hatte meine schlechte Laune abbekommen, aber so etwas passierte eben.

Trotz des Alkohols, den ich getrunken hatte, merkte ich, dass sich etwas in meiner Magengegend verändert hatte. Eine Art dumpfer Druck. Bleiern und so, als würde mich ein Gabelstapler mit seinen zwei Hebeschienen gegen eine Wand drücken. Jederzeit bereit, mich zu durchbohren. Ich ließ mich auf mein Sofa fallen.

Durch meinen Kopf raste Amelies Stimme.

»Ruf doch bei der Telefonseelsorge an«, sagte sie und noch einmal: »Ruf doch bei der Telefonseelsorge an.«

Mir fielen die Augen zu und jetzt stand Amelie mit ihrem hämischen Gesicht direkt vor mir und wiederholte: »Ruf doch bei der Telefonseelsorge an.«

»Warum eigentlich nicht?«, sagte ich, griff zum Telefon und rief die Auskunft an.

»Ich brauche mal die Nummer der Telefonseelsorge«, sagte ich.

»Gern«, sagte die Stimme eines sichtlich erschrocken jungen Mannes. Er verband mich sofort.

»Hier ist die Telefonseelsorge Hamburg«, sagte eine Frauenstimme. »Wie kann ich Ihnen helfen?«

Die Stimme kam mir vertraut vor, aber wer von meinen weiblichen Bekannten arbeitete bei der Telefonseelsorge?

»Es geht mir total scheiße«, sagte ich.

»Nicht gut«, erwiderte die Frau in einem belustigten Tonfall.

»Hören Sie, das ist kein Witz.« »Sicher nicht. Versuchen Sie es morgen noch einmal.«

»Morgen?«

»Wenn Sie nüchtern sind und …«

»Was ›und‹?«

»Sie dann noch mutig genug sind. Viel Glück.«

Nachdem ich den Gin geleert hatte, öffnete ich eine Flasche Brandy, den ich während eines Spanienurlaubs gekauft hatte. Der malzig schmeckende Cardenal Mendoza lief weich meinen Hals hinunter und ich griff erneut zum Telefon. Genau an dieser Stelle brachen meine Erinnerungen ab. Wenn ich mich später daran zu erinnern versuchte, war da nur ein wattiertes, schwarzen Loch. Nichts als dieser Schlund, aus dessen Tiefe mir zwei Augen entgegenblickten.

3.
Bye-Bye

Als ich am Morgen erwachte, fühlte sich mein Gaumen an, als hätten darin Sandstürme getobt und die Schleimhaut mit feinen Körnern abgeschmirgelt.

Ich mischte mir einen Trank aus Zitronenkonzentrat und Wasser und löste darin eine Kopfschmerztablette auf. Allmählich tauchten einige Erinnerungen an den vergangenen Abend auf.

Hatte ich wirklich den alten Mann derart mies behandelt? Und großer Gott: der Anruf bei der Telefonseelsorge! Oder hatte ich sogar zweimal angerufen? Und wen hatte ich noch belästigt?

Ich erinnerte mich an den Tonfall dieser weiblichen Stimme, die mir irgendwie bekannt vorkam. Sie hatte mich einfach auf den nächsten Tag vertröstet. Wahrscheinlich, weil ich betrunken war. Was, wenn ich mich umgebracht hätte? Oder brachten sich betrunkene Leute eher nicht um?

Ich wollte gerade das Glas ansetzen, als es an der Wohnungstür klingelte. Eine ältere Nachbarin stand vor mir. Ihre Atemmaske baumelte an einem Ohr herunter, mit der Hand umklammerte sie den Bügel eines Einkaufs-Trolleys.

Sie stand zwei Meter entfernt und deutete wortlos mit dem Zeigefinger auf eine vor meiner Tür liegende Plastiktüte. Ich bückte mich und hob sie auf.

»Wohl ne schwere Nacht gehabt, was?«, sagte sie.

»Viel Arbeit«, erwiderte ich. »Sie sind doch nicht krank?«

»Natürlich nicht.«

»Kein Husten, Fieber, Durchfall?«, spulte sie ihr Apotheken-Umschau-Wissen herunter.

»Nein.«

»Den Alten von unten haben sie abgeholt«, sagte sie und legte ihre Maske wieder an. »Hoffentlich müssen wir nicht in Quarantäne.«

Verflucht, das hätte mir gerade noch gefehlt!

»Wie ›abgeholt‹?«, fragte ich.

»Corona-Verdacht. Die Leute vom Gesundheitsamt haben gesagt, es könnte auch eine ganz normale Grippe sein.«

»Aber gestern war er putzmunter!«

Mir fiel ein, dass der Mann blass auf mich gewirkt hatte. Und ich erinnerte mich an die Schweißtropfen.

»Die behalten ihn erst mal im Krankenhaus, das ist mal sicher. Und wenn der das hat, dann sind wir dran. Das ist mal sicher wie das Amen in der Kirche.«

Ich nickte und schloss die Wohnungstür. Ich stürzte das Glas mit der aufgelösten Kopfschmerztablette herunter und sah in die Plastiktüte. Der Kopfhörer, den ich dem alten Mann gestern in die Hand gedrückt hatte! Ich ließ ihn wieder in die Tüte fallen, ging ins Bad, seifte eine Minute lang meine Hände ein und wusch sie dann mit Wasser ab. Mit zwei Haushaltshandschuhen, die ich in einem Küchenregal fand, zog ich die Umschläge aus der Tüte.

Die Schrift war krakelig, und den karierten Zettel musste er aus einem Notizbuch gerissen haben.

»Lieber Herr Lichte, leider muss ich kurzfristig ins Krankenhaus. Ich weiß nicht, wie lange das dauern wird. Da Sie anscheinend Katzen mögen, wollte ich sie fragen, ob Sie sich während meiner Abwesenheit um das Tier kümmern könnten? In dem anderen Umschlag finden Sie 124 Euro für Futter und Katzenstreu. Ganz herzlichen Dank! Johannes Janssen. Ach so: Die Katze heißt Hemingway. Wie der Schriftsteller.«

Auf dem Boden der Tüte lagen die Wohnungsschlüssel. Wie kam der Mann auf die Idee, dass ich mich mit Katzen verstand? Das Vieh war lediglich um meine Beine gestrichen. Hätte ich ihr einen Fußtritt verpassen sollen? Ich musste dringend Ordnung in dieses Wirrwarr bringen.

Zuerst musste Geld her, dann meine Kundenliste. Und ich brauchte einen Plan, was ich sonst noch in Angriff nehmen konnte, um wieder Tritt zu fassen. Eine halbe Stunde später stand ich vor der Wohnungstür der Nachbarin, die mich auf die Plastiktüte des alten Mannes aufmerksam gemacht hatte.

»Sie haben ja gar keinen Mundschutz an«, sagte sie zur Begrüßung.

»Kommt nicht wieder vor. Unser Nachbar hat mich gebeten, auf seine Katze aufzupassen.«

»Das ist doch schön. In unserem Haus hilft man sich, nicht wahr?«

»Was ist daran schön?«

»In diesen Zeiten ein wenig Verantwortung für seine Mitlebewesen zu übernehmen. Das ist schön.«

»Ich habe dafür leider so überhaupt keine Zeit«, sagte ich. »Möchten Sie …«

Erschrocken hob sie die Hände.

»Ich? Großer Gott, ich habe eine Katzenhaarallergie. Ich muss schon niesen, wenn ich unten an der Wohnungstür vorbeigehe.«

Sie schob die Ärmel ihrer Bluse hoch und zeigte

mir ihr blassen Arme.

»Sehen Sie sich das an. Da bekomme ich überall Pickel. Die sind erst rot und dann nässen sie. Das ist grauenvoll. Und meine Nase läuft. Bei Hunden hab ich das nicht.«

»Ist sonst jemand im Haus, der ...«

»Nicht, dass ich wüsste. Die Familie aus dem ersten Stock hat sich in ihr Ferienhaus in der Lübecker Bucht verzogen, und die im zweiten Stock hab ich schon ewig nicht gesehen. Hilft nix, da müssen Sie wohl ran.«

»Ich habe keine Ahnung, was so eine Katze braucht. Ich bin da völlig ungeeignet.«

»Dann bringen Sie das Tier ins Tierheim«, sagte sie. »Aber ob das so toll ist?«

Sie schloss die Tür. Wahrscheinlich war ihr diese Mischung aus Katzenhaaren und möglicher Corona-Infektion einfach zu viel. Ich ging zurück in meine Wohnung und schaltete meinen privaten Computer ein.

Weil ich seit einem halben Jahr lediglich mein Firmennotebook benutzt hatte, brauchte das Gerät ewig, bis es die allerwichtigsten Updates heruntergeladen hatte. Über Google suchte ich die Adresse des Tierheims in der Süderstraße und wählte die Nummer. Überraschenderweise wurde sofort abgehoben.

»Hier ist eine Katze«, sagte ich.

»Wie schön für Sie! Wir haben auch einige in unserem Gehege.«

»Sie müsste versorgt werden und ich wollte fragen, ob ich sie Ihnen vorbeibringen könnte?«

»Ist sie Ihnen zugelaufen?«

»Nicht direkt. Ein alter Mann musste in Corona-Quarantäne. Er hat mich beauftragt, mich um das Tier zu kümmern, aber ich habe keine Ahnung davon.«

»Wir sind vollkommen überfüllt. Tut mir leid, da müssen Sie wohl selber einspringen.«

»Aber ich habe nicht die geringste Ahnung, was man da füttert ...«

»Katzenfutter. Gibt's im Supermarkt.«

»Ist das nicht für jede Rasse unterschiedlich?«

»Wenn sie es nicht mag, lässt sie es stehen.«

»Und dann?«

»Probieren Sie ein neues Futter aus.« »Aber wie viel und wie oft ...«

»Hören Sie, Sie haben doch sicher einen Computer.«

»Und?«

»Da gehen sie über Google auf ›Katze halten leicht gemacht‹ oder so, und da finden Sie dann Bedienungsanleitungen. Außerdem ist so eine Katze selbsterklärend.«

»Sie ist was?«

»Sie werden schon merken, was sie will.«

»Schreibt sie mir einen Zettel mit ihren Wünschen, oder was?«

»So ungefähr. Versuchen Sie ihr Glück. Sind Sie unter der Telefonnummer, die ich hier auf dem Display sehe, zu erreichen?«

»Täglich.«

»Ich werde mich melden, wenn wir wieder freie Plätze haben.«

»Aber …«

Auf der anderen Seite der Leitung wurde das Gespräch unterbrochen.

Unter den Millionen von Einträgen zur Hege und Pflege von Katzen fand ich eine Kinderzeitschrift, die einen Artikel mit dem Titel: »Meine erste Katze« veröffentlicht hatte.

Ich druckte ihn aus und markierte, was besonders wichtig war. Zwei Mahlzeiten am Tag, nicht zu viel Trockenfutter, Tipps zur Auswahl der Leckerlies, Einsatz von Katzengras und ein Absatz über das Säubern des Katzenklos.

Wenn mein Nachbar heute Morgen ins Krankenhaus gebracht worden war, dann reichte es, wenn ich gegen Abend eine Futterration bereitstellte. Ich musste mich zunächst einmal um meinen Job kümmern, oder besser: um meinen nicht mehr vorhandenen Job.

Noch vor zwei Monaten hatte man massenweise Finanzberater bei den unterschiedlichsten Vereinen, Beratungsstellen und selbst bei Banken eingestellt. Ich versuchte es also bei der Sparkasse, bei zwei Vermögensberatern und diversen Beratungsvereinen.

Entweder bekam ich niemanden ans Telefon, weil die Leute anscheinend schon im Homeoffice waren, ohne ihre Rufumleitungen aktiviert zu haben, oder man erklärte mir mit aller Klarheit, dass dies der falsche Zeitpunkt für meine Anfrage war.

Klar, überraschend war das nicht. Draußen tobte sich das Coronavirus aus und die Leute hatten anderes im Sinn, als die Frage, wie man sein Geld lukrativ anlegte. Die meisten sahen mit schreckgeweiteten Augen auf die schwankenden Börsenkurse und die finanziellen Probleme zahlreicher Branchen.

Zwar wurde die Arbeitslosenquote durch die massenweise Einführung der Kurzarbeit abgefedert, aber die Menschen wussten nicht, ob ihnen nicht doch gekündigt werden würde. Die Hoffnung, dass man bei einem Lockdown einfach weitermachen konnte, wo man unterbrochen worden war, glaubte niemand mehr.

Die Pandemie und die damit einhergehende Krise würde alles umkrempeln. Und sie würde alles, was ohnehin vor sich hinkrauchte und angeschlagen war, hinwegfegen. Ganz zu schweigen von den Arbeitsplätzen ganzer Branchen wie der Gastronomie oder der im künstlerischen Bereich Beschäftigten.

Auch ich wurde durch die Luft gewirbelt. Doch verflucht noch mal, es musste einen Ausweg, eine Lösung geben! Wenn ich doch wenigstens an mein Geld kommen würde!

Es half alles nichts, zunächst musste ich das am Vortag zerdepperte Porzellan notdürftig kitten. Das redete ich mir jedenfalls ein, dabei war sicher diese Stimme und die Tatsache, dass ich so einfach abgewimmelt worden war, der Hauptgrund, warum ich erneut die Telefonseelsorge anrief.

Ich weiß nicht, ob es die Nachwehen von Gin und Brandy waren, warum ich dachte, ich würde wieder diese Frau am Apparat haben. Es meldete sich ein Mann ...

Weiter geht es in:

Michael Koglin: Das Dunkle in mir.

IMPRESSUM

Titelfoto: ©Canva Bilddatenbank
Covergestaltung: Andrea Anna Koglin
Korrektorat und Endlektorat: Ruth Gagewski
Impressum: Michael Koglin c/o Keil & Keil Literaturagentur, Schulterblatt 58, 20367 Hamburg

Printed in Poland
by Amazon Fulfillment
Poland Sp. z o.o., Wrocław

86796388R00160